Stefanie Zweig
Ein Mundvoll Erde

Stefanie Zweig über sich selbst:

Geboren am 19. 9. 1932 in Leobschütz in Oberschlesien und 1938 mit den Eltern im Zuge der nationalsozialistischen Verfolgung nach Kenia in Ostafrika ausgewandert. Dort zehn Jahre auf einer Farm gelebt, genau am Äquator, 3000 Meter hoch, und in den Ferien mit all jenen Freiheiten aufgewachsen, von denen Kinder heute träumen. In der Schulzeit allerdings das bittere Brot englischer Internatserziehung verzehrt.
Mit fließenden Englisch- und Suaheli-Kenntnissen 1947 mit den Eltern nach Deutschland zurückgekommen, um betrübt festzustellen, daß die Deutschen weder Suaheli noch Englisch sprachen und mit einer nagenden Sehnsucht nach Afrika im Herzen, die sich nie mehr hat stillen lassen. Wider Erwarten Deutsch gelernt und 1953 Abitur in Frankfurt gemacht.
Nach journalistischen Lehr- und Wanderjahren in Düsseldorf, im Jahr 1959 Redakteurin im Feuilleton der Frankfurter ›Abendpost‹, und seit 1963 Ressortleiterin des Feuilletons der Frankfurter ›Abendpost-Nachtausgabe‹ mit Theaterkritik als Spezialgebiet, was den unbezähmbaren Drang erklärt, Schauspieler in meine Bücher einzubauen. Außerdem Glossistin der Zeitung mit Verpflichtung, sechs Miniglossen pro Woche abzuliefern, was zur Feststellung befähigt, daß die Leute lieber über den hauseigenen Hund als über modernes Theater lesen.

Stefanie Zweig

Ein Mundvoll Erde

Deutscher
Taschenbuch
Verlag

Mit einer Zeichnung von Peter Repp

Ungekürzte Ausgabe
Mai 1983
7. Auflage Juni 1991
Deutscher Taschenbuch Verlag GmbH & Co. KG, München
© 1980 by Union Verlag GmbH
ISBN 3-8139-5356-4
Umschlaggestaltung: Celestino Piatti
Umschlagbild: Tilman Michalski
Gesetzt aus der Garamond 10/12˙
Gesamtherstellung: Ebner Ulm
Printed in Germany · ISBN 3-423-07833-2

I.

Alle auf der Farm wußten, daß Vivian und Jogona Freunde waren. Jogona war schwarz und aus dem Stamm der Kikuyu, Vivian weiß und in Deutschland geboren. Jogona wußte nichts von Deutschland, aber er wußte sehr genau, wie dumm Vivian gewesen war, als sie auf die Farm kam. Damals konnte sie noch nicht einmal die Sprache der Schwarzen, nämlich Suaheli. Jogona fühlte sich groß und wichtig, wenn er daran dachte.

Er war noch aus einem anderen Grund stolz. Sein Vater Kimani war Aufseher auf der Farm. Wenn die Nachmittagssonne ihre Schatten auf die dritte Rille des Wassertanks warf, schlug Kimani mit einer Eisenstange gegen den Tank, und alle hörten sofort mit der Arbeit auf.

Jogona und Vivian saßen schon immer lange vor der Zeit unter dem großen Dornenbaum, denn um nichts in der Welt hätte Jogona dieses Schauspiel verpaßt. Kimani war gerade dabei, gegen den Tank zu schlagen. Danach würde er das Maismehl verteilen, aus dem der dicke, weiße Brei, Poscho genannt, gekocht wurde.

»Das ist mein Vater«, sagte Jogona.
»Das ist dein Vater«, bestätigte Vivian.

In Ol'Joro Orok, der kleinen Ortschaft, in der die Farm lag, sagte man gern Dinge, die bekannt waren. Nie hätte Vivian auf den Satz »Das ist mein Vater« geantwortet »Das weiß ich doch«. Das war gegen die Regeln des wunderschönen Spiels, das alle Menschen auf der Farm liebten.

Als die Männer zu ihren Hütten gingen, ließ sich Vivian von Jogona ins Maisfeld locken. Die hohen Pflanzen kitzelten ihre nackten Beine. Sie wußte, was Jogona wollte. Er wollte über seinen Vater sprechen und wie wichtig er war, aber Vivian hätte Jogona nie gezeigt, daß sie seine Absicht durchschaute. Auch sie bewunderte Kimani. Er mußte schon seit vielen Regenzeiten nicht mehr arbeiten und beaufsichtigte die Schambaboys. Schambaboys arbeiteten auf dem Feld. Es gab auch Hausboys, die nur im Haus arbeiteten, und niemals hätten sie zu einer Hacke gegriffen oder es zugelassen, daß die Schambaboys ins Haus kamen. Das war gegen die Regeln, und in Ol'Joro Orok hielt jeder die Regeln streng ein. Das machte das Leben schön und aufregend.

»Mein Vater«, erklärte Jogona, »ist der wichtigste Mann in Ol'Joro Orok.« Er wartete darauf, daß Vivian den Satz wiederholen würde. Ein wenig Angst hatte er freilich, sie könnte von ihrem Vater sprechen, denn er war schließlich weiß und ebenso wichtig wie Kimani.

»Es gibt etwas, das noch größer ist als Ol'Joro Orok«, sagte Vivian und schaute unbeteiligt zu den Bergen hin.
  Der Satz war so unglaublich, daß Jogona tat, als hätte er ihn nicht gehört.
  So sagte Vivian nochmals: »Es gibt etwas, das noch größer ist als Ol'Joro Orok.«

Jogona war verstimmt. Er war ins Maisfeld gelaufen, um das tägliche Spiel zu spielen, und nun hatte Vivian einen Satz gesagt, den er nicht verstand. Sein Herz pochte. Er kannte nichts Größeres als Ol'Joro Orok.
  Ol'Joro Orok war unermeßlich groß in Jogonas Augen. In Ol'Joro Orok gab es sogar einen Laden, in dem man Hemden, Hosen, Salz und Tee und manchmal gar einen schönen, starken Bindfaden kaufen konnte. Sogar eine

Eisenbahn fuhr nach Ol'Joro Orok. Dreimal in der Woche kam der Zug auf der Station an und brachte Ware für den Laden und Post für Vivians Vater. Jogona kannte sogar einen Mann, der bereits einmal mit dem Zug gefahren war. Er hatte vorgehabt, mit Vivian über die Zeit der großen Trockenheit zu sprechen. Sie konnte sich nämlich nicht daran erinnern, und das war der Beweis für ihn, daß sie jünger sein mußte als er mit seinen neun Jahren.

»Weißt du noch«, fragte er, »wie trocken es war, als der große Regen ausblieb?«

»Ja«, log Vivian.

»Du weißt es nicht«, entgegnete Jogona schroff, »die Hyänen kamen damals bis vor das Haus, weil sie so durstig waren.«

»Erzähl mir«, seufzte Vivian.

Sie wußte, Jogona würde sie nicht zu Wort kommen lassen, ehe er von der großen Trockenheit erzählt hatte. Von Jogona hatte Vivian längst die Kunst des Schweigens gelernt, die so wichtig war auf der Farm. Man durfte nicht sofort die Dinge sagen, die man wollte.

»Es war so trocken, daß die Erde auseinanderfiel.«

»Ja«, sagte Vivian.

»Wir mußten Wasser im Laden holen.«

Die Erwähnung des Ladens brachte Vivian dazu, den Satz zu sagen: »Kenia ist größer als Ol'Joro Orok.«

»Was ist Kenia?« fragte Jogona angewidert.

»Ol'Joro Orok« lachte Vivian, »liegt in Kenia.«

»So«, meinte Jogona und bemühte sich, nicht zu zeigen, daß ihn die Sache interessierte, aber das eine Wort hatte ihn verraten.

»Und Kenia liegt in Afrika.«

Das war zuviel für Jogona. Er starrte auf seine Füße, aber Vivian wußte, daß er ihr zuhörte.

»Ich kenne ein Land, das ganz anders ist als Afrika. Es

heißt Deutschland«, sagte Vivian. Sie sprach schnell, damit Jogona nicht dazwischen reden konnte. »Ich komme aus Deutschland«, fügte sie hinzu.

Jogona ließ sich nicht leicht in Fallen locken. Mit einem gelangweilten Blick betrachtete er ihre schmutzigen, nackten Füße.

»Du wirst langsam schwarz«, kicherte er.

»Wenn ich mich wasche, werde ich wieder weiß«, entgegnete Vivian.

Sie erwartete Jogonas Widerspruch. Er war es seiner Bedeutung auf der Farm schuldig, auch dann zu widersprechen, wenn er im Unrecht war. Als Sohn Kimanis, der mit der Eisenstange an den Wassertank schlug und schon seit vielen Regenzeiten nicht mehr arbeitete, durfte er das. Jogona aber war ebenso neugierig wie schlau.

Schweigend drehte er einen Stein in seinen erdverkrusteten Händen. Er wußte, Vivian würde gleich ihren Satz wiederholen. Hatte er ihr nicht selbst beigebracht, immer wieder dieselben Dinge zu sagen, wenn sie wichtig waren?

So kam er ihr zuvor. »Weißt du noch, wie du kein Suaheli konntest?« lachte er und suchte nach den Erinnerungen, die er so liebte. Er nahm Vivians Puppe, legte sie mit dem Gesicht zur Erde und genoß das Wunder, daß sie »Mama« quietschte. Dann schlug er sich auf die Schenkel und holte einen Stein aus seinem Nabel.

»Du wußtest noch nicht einmal«, fuhr er belustigt fort, »was ein Toto war. Nein, das wußtest du nicht.«

Toto war das Wort für Kind, aber auch für Kalb, Küken, Lamm, für alles Junge und Kleine.

»Du bist«, sang Jogona langsam und ließ die Worte auf der Zunge zergehen, »du bist ein Toto und wußtest noch nicht einmal, was ein Toto war.«

»Und du hast gedacht, dies hier ist ein Toto«, entgegnete Vivian.

Sie hielt die Puppe hoch. Sie spielte schon längst nicht mehr mit Puppen, aber sie schleppte die Puppe immer mit, um Jogona daran zu erinnern, daß er einst die Puppe für lebendig gehalten hatte.

»Du hast gedacht, dies hier ist ein Toto«, kicherte sie. Sie gab der Puppe einen Stoß und beobachtete interessiert, wie sie in einer rötlichen Staubwolke verschwand. »Du wußtest nicht, daß sie so tot ist wie ein Stück Holz. Weißt du noch, wie du es nicht wußtest?«

»Nein«, entgegnete Jogona unwirsch.

Er hatte Vivian beigebracht, wie die Kikuyukinder zu reden, aber nun ärgerte es ihn, daß sie es tat.

»Ich weiß es nicht mehr«, wiederholte er und fühlte sich wieder besser. Er spuckte einen versengten Grashalm an, sah, wie sich die Sonne in Farben zerteilte, und kniff ein Auge zu. »Ich spucke besser als die Schlange, die Owuor erschlagen hat.«

Vivian hatte keine Lust, sich auf ein Gespräch einzulassen, in dem sie immer wieder den Kürzeren zog.

»Du spuckst gut«, sagte sie hastig und dachte daran, daß er nun wieder von Ol'Joro Orok reden würde.

»Wollen wir zum Fluß gehen?« schlug Jogona geschmeichelt vor.

»Heute nacht«, versprach Vivian.

»Das geht nicht. Alle würden uns sehen, und dann holt dich dein Vater ins Haus zurück. In der Nacht ist deine Haut so hell wie die Sterne.«

»Ja«, gab Vivian traurig zu, »aber ich kann mich mit Lehm einreiben.«

Jogona schüttelte angeekelt den Kopf. Nur der Stamm der Lumbwas rieb sich mit Lehm ein. Er aber war ein

Kikuyu, und die Kikuyus blickten mit Verachtung auf die Lumbwas. Das war schon immer so gewesen. Das würde immer so sein.

»Wenn du dich wie die Lumbwas mit Lehm einreibst, dann können wir nicht mehr zusammen gehen. Ich bin doch ein Kikuyu.«

Es war nicht Jogonas Art, lange Reden zu halten. Vivian erkannte, wie ernst er das mit der Trennung gemeint hatte und gab sofort nach.

»Gut«, seufzte sie, »gehen wir zum Fluß.«

»Jetzt?« fragte Jogona. Er staunte über den schnellen Sieg.

Sie wäre gern bis zur Dunkelheit im Maisfeld geblieben, um auf das Heulen der Hyänen zu warten. Am Fluß würde Jogona wieder von der großen Trockenheit reden und ihr zeigen, daß er älter und klüger als sie war.

»Gehen wir«, rief sie. Sie wartete auf das Echo und hörte gleichzeitig den dumpfen Klang der Trommeln.

»Hörst du die Ngoma?« fragte Jogona.

»Ja.«

»Du weißt nicht, was sie sagen.«

»Natürlich weiß ich, was sie sagen. Sie sagen, daß ein Leopard jagt.«

»Weibergeschwätz«, spottete Jogona. Er sprang über das hohe Gras und sah zufrieden, daß Vivian ihm folgte. Die Schambaboys saßen vor ihren Hütten und kochten Poscho. Bald würde der Brei steif und weiß sein.

Der Fluß hatte kaum noch Wasser. Die harte Erde zwischen den Steinen war gerissen und fast schwarz. Es tat weh, sie mit den nackten Füßen zu berühren.

»Morgen ist das Wasser nicht mehr da«, prophezeite Jogona und starrte ins trockene Flußbett.

»Dann ist es wieder so trocken wie zur Zeit der großen Trockenheit.«

»Aber nein. Nur ich weiß, wie es damals war.«

»Dann weißt du es eben zweimal«, beschwichtigte Vivian. Jogona hatte keinen Sinn für Zahlen, und so ließ er sich auch nicht von Vivian blenden. »Ich weiß es, und du weißt es nicht«, entschied er.

»Du weißt ja auch nicht, daß Kenia größer als Ol'Joro Orok ist«, sagte Vivian.

Da war es wieder, dieses fremde Wort. Es lauerte wie ein Schakal, der zum Sprung ansetzt. Es war gefährlich und böse.

»Was ist Kenia?« fragte Jogona und senkte seinen Blick.

»Da«, jubelte Vivian und zeigte auf den schneebedeckten Berg am Horizont.

»Wo?«

»Das dort ist der Berg Kenia!«

»Wer sagt das?«

»Mein Vater sagt das. Mein Vater, der Bwana.«

»Der Bwana sagt das«, wiederholte Jogona, »der Bwana sagt das.«

Wie alle Weißen, wurde Vivians Vater Bwana genannt. Jogona war gern in der Nähe von Bwana. Der Bwana hatte ihn dazu gebracht, ins Haus zu kommen und Vivian kennenzulernen, und darum beneideten ihn alle Kinder seines Jahrgangs. Der Bwana lachte selten, aber wenn Jogona mit ihm sprach, lachte er manchmal plötzlich los, und das schmeichelte Jogona. Außerdem hatte der Bwana ihm eine alte Uhr geschenkt. Sie ging zwar nicht, aber sie war Jogonas einziger Besitz, und das vergaß er dem Bwana nicht. Jetzt hatte der Bwana gesagt, daß der Berg Kenia hieß. Jogona fühlte sich unsicher wie ein junger Hund, der zum ersten Mal von der Mutter getrennt wird. Er sah den

Berg in der Ferne liegen. Der Schnee darauf wirkte wie Wolken. »Das ist Himmel«, erklärte er schließlich.

Vivian kaute Luft, bis die Backenknochen schmerzten. »Der Bwana hat gesagt«, beharrte sie, »das ist der Berg Kenia. Der Bwana kann lesen.«

Schweigend blickte Jogona das Mädchen an. Er wußte, wann er geschlagen war, aber er war klug wie ein Pavian, wenn er schnell denken mußte. Langsam ging er auf Vivian zu. »Kennst du den Vater von deinem Vater?« flüsterte er.

Vivian konnte nicht von ihrem Großvater sprechen. Wie sollte sie Jogona erklären, daß ihr Großvater zurück in Deutschland geblieben war? Sie hatte ihn das letzte Mal gesehen, als sie mit dem Vater aufs Schiff gegangen war. Der alte Mann hatte geweint. Vivian hatte das damals nicht verstanden. Eigentlich verstand sie die ganze Sache auch heute nicht.

»Wir gehen jetzt in ein anderes Land«, hatte ihr Vater gesagt, »alles, was wir geliebt haben, lassen wir zurück. Unsere Heimat haben wir verloren.«

Auch das hatte Vivian nicht verstanden. Man verlor Taschentücher und Bleistifte, aber wer verlor schon eine Heimat? Sie sprach aber nie mit dem Vater darüber, denn sie konnte sich kaum noch an Deutschland erinnern. Ol'Joro Orok war so schön. Ihre Freunde hießen Jogona, Burugu, Kimani.

»Nein«, log Vivian und kam auf Jogonas Frage zurück, »ich kenne den Vater von meinem Vater nicht.«

»Der Vater von meinem Vater hat eine Hütte und dann noch eine«, sagte Jogona. Er betonte jedes Wort, und Vivian spürte, daß er die Wahrheit sagte. Hatte Jogona ihr nicht schon vor langer Zeit beigebracht, wie man die Wahrheit von Lügen unterschied? Nie hatte sie von einem

Kikuyu mit zwei Hütten gehört. »Was macht der Vater von deinem Vater?«

Jogona legte die Hände auf seinen nackten Bauch und sah plötzlich sehr alt und sehr weise aus. »Der Vater von meinem Vater ist Muchau«, sagte er.

Muchau war das Wort für Medizinmann. Es war ein großes Wort, das Angst machte. Vivian hatte das Gefühl, die Bäume des Waldes stürzten ein. Das Kreischen der Affen verstummte für sie. Auch der Gesang vor den Hütten. Die Vögel riefen nicht mehr. Es gab nur noch ein Wort auf der Welt. Muchau.

»Muchau«, rief sie, und Jogona stimmte in ihren Schrei ein. Seine Stimme erinnerte an das Heulen einer Hyäne.

Mit einem Brennen in der Kehle warf sich Vivian zu Boden. Jogona war der Enkel eines Medizinmannes. Der allmächtige Muchau entschied über Tod und Leben. Er machte kranke Menschen und kranke Tiere wieder gesund. Er brachte Sonne und Regen. Der Muchau war anders als der schweigende weiße Gott, der nie eine Antwort gab. Der Muchau würde ihren Großvater nach Afrika holen und ihren Vater wieder glücklich machen. Er würde ihm die »Heimat« wiedergeben. Der Muchau würde wissen, was Heimat war, auch wenn Vivian es nicht wußte.

Vivians Beine schmerzten, als sie aufstand, aber sie fühlte sich groß und stark.

»Wann zeigst du mir den Vater von deinem Vater, Jogona?«

»Das kann ich nicht«, antwortete Jogona erschrocken, »ich hab' ihn nur einmal gesehen.«

»Wann?«

»Als der große Regen ausblieb.«

Vivian hatte nicht vor, wieder vom großen Regen zu reden.

»Warum gehen wir nicht einfach hin?« fragte sie und verstieß gegen die Regel, daß man wichtige Dinge nicht dann sagte, wenn sie noch im Mund bleiben sollten.

»Er wohnt sehr weit.«

»Wir haben doch Beine.«

»Der Muchau will keinen sehen.«

»Jogona, ich schenk dir meine Puppe.«

»Das tote Toto«, sagte Jogona angeekelt.

»Jogona, du bist doch mein Rafiki«, lockte Vivian.

Rafiki war das Wort für Freund. Vivian hatte es noch nie gebraucht.

»Bin ich dein Rafiki?« fragte Jogona interessiert. Er witterte Aufregung. Bald würde Vivian schwören müssen. Kein Kikuyu ließ sich die Gelegenheit zum Schwur entgehen.

»Schwör es«, befahl Jogona mit singender Stimme, »schwör, daß du mein Rafiki bist.«

»Hakiri ja Mungo«, schrie Vivian. Das hieß »bei Gott«, und wer mit diesem Wort log, fiel um wie ein brennender Baum. Vivian machte sich bereit, beim großen Gott der Schwarzen zu schwören.

»Kula muchanga«, rief Jogona aufgeregt. Das war der Befehl, Erde zu schlucken. »Du mußt Erde schlukken, wenn du schwörst.«

»Das weiß ich.«

»Wenn du hustest, hast du gelogen. Dann stirbst du.«

»Ich sterbe nicht, ich sage doch die Wahrheit. Du bist mein Rafiki.«

In der Mitte des trockenen Flußbettes war der Lehm noch feucht. Vivian lief hin, ohne daß sie die harte Erde an den nackten Füßen spürte. Sie bückte sich und legte den weichen, nassen Lehm an ihr Gesicht. Er glänzte in der Sonne. Gierig schlürfte sie die rote Erde.

Jogona kam so dicht an sie heran, daß sie seine Haut riechen konnte. Auch er nahm den Schlamm auf und schluckte.

»Du bist mein Rafiki«, kaute er.

»Du bist mein Rafiki«, wiederholte Vivian. Nun würde Jogona sie nie mehr von seinen Erinnerungen ausschließen. Nie mehr würde er von der großen Trockenheit sprechen, die sie nicht erlebt hatte. Der Lehm färbte ihre Bluse rot und drang vor bis zur Haut. Sie genoß die schöne Kühle. »Das war viel Erde«, meinte Jogona anerkennend.

»Für einen Freund kann man nicht genug Erde schlukken«, sagte Vivian großzügig.

Die Bemerkung gefiel Jogona. »Rafiki«, sang er, »Rafiki.« Auf seinem Gesicht, das so oft traurig war, leuchtete ein Lächeln.

»Wenn du nun mein Freund bist«, bohrte Vivian, »zeigst du mir den Vater von deinem Vater?«

»Kessu«, sagte Jogona.

Kessu hieß morgen. Kessu war ein gutes Wort, denn es hieß auch zwei Wochen oder zwei Monate oder zwei Jahre. Kessu war das meistgebrauchte Wort auf der Farm. Es war ein Zauber. Vivian hatte das schon lange begriffen. Ihr Vater nicht.

»Du bist klug«, sagte sie.

Jogona lächelte zum zweiten Mal. Er würde noch oft auf diesen Tag zurückkommen. »Weißt du noch«, würde er sagen, »wie wir zusammen Erde geschluckt haben?«

»Ja«, würde Vivian bestätigen.

»Und du hast gesagt: Jogona du bist klug.« So würde es Jogona sagen.

Es würde eine gute Geschichte werden. Die beste auf

der Farm. Gleich morgen wollte er sie ausprobieren. Kessu.

»Wir müssen gehen«, sagte Jogona, »die Feuer brennen schon.«

Als Vivian ins Haus trat, war die Luft sanft und der Himmel fast dunkel. Kamau, der Hausboy, hatte das Holz im Kamin angezündet. Vivians Vater stand vor dem Feuer. Er war noch jung, aber sein Haar war grau, und die Augen waren traurig. Vivian hätte ihrem Vater zu gern erzählt, daß nun alles gut werden würde. Der Medizinmann würde den Großvater nach Afrika holen und dem Vater eine Heimat geben.

Schade, daß ihr Vater die Dinge nicht so schnell begriff wie Jogona. Ihm mußte man so viel erklären. Ob er überhaupt wußte, daß es einen Muchau gab? Vivian sah ihn zweifelnd an. Ihr Vater wußte so vieles nicht. Er hatte keine Ahnung von den Dingen, die das Leben schön machten. Er sprach immer nur von Deutschland, und wie schön es dort war. Dabei war Ol'Joro Orok der schönste Platz auf der Welt.

»Wie siehst du denn aus?« fragte der Vater.

»Wie soll ich aussehen, Bwana?« Das Bwana war ihr wieder einmal herausgerutscht. Ihr Vater mochte es nicht, wenn sie ihn so anredete.

»Wie sprichst du denn?«

»Wie Jogona«, kicherte Vivian.

»Man meint, du hättest Lehm gegessen.«

Vivian sah ihren Vater verwundert an. Sie hatte Jogonas Lächeln im Gesicht. Es war ein wenig verachtungsvoll, sehr stolz und doch traurig. Als sie sprach, kreuzte sie die Finger hinter ihrem Rücken.

»Weshalb soll ich denn Lehm schlucken?« fragte sie lauernd.

»Weiß der Himmel, weshalb! In diesem Kaffernland ist alles möglich.«

Vivian lachte. Ihr gefielen Worte, die sie nicht verstand. Morgen würde sie das Wort mit dem Kaffernland für Jogona wiederholen. Kessu.

II.

»Bwana, es ist Zeit zum Melken.« Vivians Stimme war laut wie die eines schimpfenden Affen, obgleich ihr Vater neben ihr stand. Aber sie hatte gemerkt, daß er an ganz andere Dinge dachte.

»Du sollst mich nicht immer Bwana nennen.«

»Nein, Bwana«, nickte Vivian traurig, »ich werde dich immer Papa nennen. Soll Jogona auch Papa zu dir sagen?«

»Um Himmels willen nein! Dann sag schon lieber Bwana zu mir.«

Vivian verschluckte ihr Lächeln. Es war schön, wie leicht ihr Vater in Fallen ging. Von nun an würde sie ihn immer Bwana nennen. Der Gedanke machte sie so gut gelaunt, daß sie ihrem Vater eine Freude machen wollte.

»Erzähl mir von Deutschland«, bat sie, als beide durch das nasse Gras gingen. Bunt glänzten die Tautropfen an den schwarzen Gummistiefeln.

»In Deutschland war ich Anwalt«, begann der Vater.

»Und du mußtest nie zum Melken«, fuhr Vivian fort. Es war nicht das erste Mal, daß sie solche Gespräche führten.

»Natürlich nicht. Ein Anwalt hat nichts mit Kühen zu tun.«

»Ich weiß. Aber gehst du denn nicht gern zu deinen Kühen?«

»Es sind nicht meine Kühe, Vivian. Dieses Land gehört nicht uns.«

»Schade«, bedauerte Vivian.

»Wir sind arm. Wir haben alles verloren.«

Es war für Vivian ein immer wieder neues Rätsel, daß ihr Vater so viel von Dingen sprach, die er verloren hatte. Einmal hatte sie sogar gehört, wie er zu jemanden sagte: »Vivian hat ihre Mutter verloren.« Dabei hatte Vivian ihre Mutter überhaupt nicht gekannt. Die Mutter war bei ihrer Geburt gestorben, und Vivian fand, da könnte man nicht gut von verlieren sprechen.

»Aber die Farm haben wir nicht verloren«, bohrte sie noch einmal.

»Die gehört uns nicht. Das mußt du doch begreifen. Sie gehört dem Bwana Gibson.«

»Jetzt sagst du selber Bwana«, jubelte Vivian.

»Das ist, weil du mich ganz verrückt machst. Der Bwana Gibson wohnt in der Stadt, und ich passe auf seine Farm auf.«

»Kimani paßt auf die Farm auf.«

»Dann passe ich auf Kimani auf. Verstanden?«

Vivian kicherte. Solche Gespräche liebte sie. Sie hätte so etwas ihrem Vater gar nicht zugetraut.

»Also ein für alle Mal«, sagte er, »wir sind arm wie die Kirchenmäuse.«

»Mir gefällt es hier«, beharrte Vivian. Sie wunderte sich, daß ihr Vater so traurig aussah. »Choroni steht vor dem Stall«, sagte sie und wußte, daß ihr Vater gleich noch trauriger aussehen würde.

Wenn Choroni vor dem Stall stand, hatte er schlechte Nachrichten zu überbringen. Choroni war der Hirte auf der Farm, ein alter Mann aus dem Stamm der Lumbwa. Die Lumbwas verachteten die Kikuyus, die die Feldarbeit machten. Sie selbst hüteten nur das Vieh, denn sie liebten Tiere, und sie liebten es, stundenlang im Gras zu sitzen und zum Himmel zu starren.

Choroni hatte den Bwana gern. Der Bwana hatte ihm viele fremde Worte beigebracht, die Choroni zwar nicht verstand, wenn er sie sagte, die aber den Bwana zum Lachen brachten. Das gefiel dem alten Mann. Es war etwas Seltsames um den Bwana. Er war ein kluger Mann, aber wenn eine Kuh krank war, dann wurde er so verrückt wie ein Schakal mit einem Pfeil im Rücken.

Nun stand Choroni vor dem Bwana. Er hatte nur eine alte Decke um seinen nackten Körper geschlungen. Kleidung war für Choroni nicht wichtig. Für ihn zählten nur die vielen bunten Ketten aus winzigen Perlen, die er um den Hals trug. Außerdem hatte er lange Ohrläppchen, die ihm bis zur Taille reichten, und die Vivian vom ersten Tag an bewundert hatte. Der Tag würde heiß werden. Choroni wußte es genau. Er hatte die Sonne aufgehen sehen, als er auf den Bwana wartete, und nun, da der Bwana vor ihm stand, spürte er, daß sich das lange Warten gelohnt hatte.

»Jambo, Bwana«, rief er, und seine eigene Stimme erinnerte ihn an den Jubel eines Löwen, der ein Zebra erlegt hat.

»Jambo, Choroni«, erwiderte der Bwana seinen Gruß, »fang an.«

»Mit was, Bwana?«

»Mit dem Melken.«

»Arschloch«, gluckste Choroni.

Das war eines der Wörter, die der Bwana ihm beigebracht hatte. Choroni gebrauchte es gern, denn es enthielt einen großen Zauber. Der Bwana lachte immer, wenn er es sagte, und niemand sonst auf der Farm durfte das Wort sagen. Choroni war nicht streitsüchtig, aber er achtete auf seine Vorrechte.

»Bwana«, sagte er langsam, »die Kuh will sterben.« Er lief in den Stall, hockte sich hin und rieb sich genußvoll den Schädel am Bauch der Kuh.

»Sie sieht doch gesund aus«, sagte der Bwana verblüfft und starrte in die sanften braunen Augen des Tieres.

Choronis Stimmung stieg immer mehr. »Die doch nicht«, rief er begeistert, »denkst du, die Kuh hier will sterben?«

»Ja, du hast doch gesagt . . .«
»Die unter dem Baum will sterben.«
»Ich dachte, du sprichst von dieser Kuh hier, Choroni.«
»Aber die steht doch noch.«
»Warum hast du das nicht gleich gesagt?«
»Was?« fragte Choroni verblüfft.
»Welche Kuh krank ist.«

Der Hirte witterte die Ungeduld in der Stimme des Bwanas. »Du hast mich nicht gefragt, welche Kuh krank ist«, sagte er gekränkt. »Oder hast du gesagt, Choroni welche Kuh ist krank?«

»Führe mich zu der kranken Kuh«, unterbrach ihn der Bwana und schrie.

Vivian schüttelte den Kopf. Sie würde ihrem Vater beibringen müssen, schöne Geschichten nicht durch Ungeduld zu verderben.

Choroni ging voraus. Er lief langsam und bedächtig, und er war entschlossen, jeden Schritt zu genießen. Er hatte Warten gelernt und hatte lange auf diese Stunde gelauert. Nun war sie da, und sie war so süß wie Maisbrei, der mit Zuckerrohr gekocht wird. Es war nicht jeden Tag, daß eine Kuh starb, aber jedes Mal, wenn eine Kuh starb, benahm sich der Bwana wie ein Mann, dem die Frau weggelaufen ist und der kein Geld hat, sich eine neue zu kaufen.

Ein Schambaboy hatte einen Eimer Wasser aufs Gras geschüttet. Die Tropfen glänzten in der Sonne, und die Kälber wälzten sich auf dem feuchten Fleck und streckten ihre Beine in die Luft. Ihr Fell war lockig, und die Hörner steckten noch unter der festen, schwarzen Haut. Sie kannten Choroni und liefen auf ihn zu.

Unter einem blattlosen Baum lag die kranke Kuh. Sie hielt den Kopf gesenkt und die Augen geschlossen. Ihr Atem ging schwer, und mit jedem Zittern in ihrem mageren Körper ließ ihre Kraft nach. Sie war schon zu schwach, um die Fliegen zu verjagen, die sie bedrängten, und der Schwanz lag bereits auf der Erde, als gehöre er nicht mehr zum Körper.

»Na taka kufua«, sagte Choroni und kostete die Worte auf der Zunge. Das heißt: »Sie will sterben.«

So wurde der Tod immer in Ol'Joro Orok angekündigt. Man sagte nicht »die Kuh wird sterben«. Es hieß: »Die Kuh will sterben«. Vivians Vater hatte das nie verstanden und würde es nie verstehen. Wenn ein Mensch oder ein Tier in Afrika sterben »wollten«, so starben sie. Dann half nichts mehr. Man durfte den Tod nicht aufhalten. Alle auf der Farm wußten das. Alle außer dem Bwana.

»Was mache ich mit ihr?« fragte er.

Choroni hörte die Verzweiflung in dessen Stimme. Das war es, worauf er gewartet hatte. »Das mußt du doch wissen, was du mir ihr machst«, sagte er freundlich, »mein krankes Auge hast du doch auch wieder gesund gemacht.«

»Hat die Kuh etwas an den Augen?«

Choroni sah, wie Hoffnung die Augen des Bwanas einen Moment hell machte.

»Nein«, versicherte er gut gelaunt, »sie will sterben.«

»Ich hole mein Buch«, sagte der Bwana und lief zum Haus zurück. Er war froh, von der Kuh fortzukommen. In Büchern blättern, das hatte er gelernt. Er hatte sich noch in Deutschland ein Buch über Viehzucht gekauft, doch hier in Afrika nützte es nicht viel. Die meisten Kapitel endeten ohnehin mit dem Satz »man hole einen Tierarzt«. Der Verfasser hatte offenbar so gar keine Ahnung, wie schnell sich afrikanische Kühe zum Sterben hinlegten.

Vivian beobachtete ihren Vater. Er kam mit dem Buch in der Hand auf die Kuh zugerannt. Sie versuchte, so ernst wie möglich auszusehen, um ihn nicht zu kränken, aber sie wußte, daß sie Choroni dabei nicht anschauen dürfte. Sonst hätten beide lachen müssen.

Der Bwana legte seine Hand auf den Rücken des sterbenden Tiers und zog sie sofort erschrocken zurück.

»Was steht in deinem Buch, Bwana?« fragte Choroni.

»Es gilt«, las Vivians Vater in Deutsch vor, »zunächst festzustellen, ob die Augen matt oder glänzend sind.«

Ungeschickt riß er das Lid des Tieres hoch.

»Choroni«, fragte er, »was macht man, wenn eine Kuh krank ist?«

»Man macht sie wieder gesund«, entgegnete der alte Mann verblüfft.

»Dann mach sie gesund.«

»Deine Kuh, Bwana! Ich soll deine Kuh gesund machen?«

»Ist nicht meine Kuh, mach schon.«

»Wem gehört denn die Kuh?« fragte Choroni und freute sich. Er wußte genau, wem die Kühe auf der Farm gehörten. Er war schließlich lange vor dem Bwana auf die Farm gekommen.

»Ist egal, wem die Kuh gehört.«

»Nein, Bwana, das ist sehr wichtig.«

»Gut«, gab der Bwana nach, »ist meine Kuh. Nun fang endlich an.«

Choroni atmete schwer. Spannung und Entrüstung waren in seinem Gesicht. »Ich werde deine Kuh nicht anfassen, Bwana.«

»Warum denn nicht?«

»Das weißt du doch. Wenn sie stirbt, dann sagst du: ›Choroni hat sie verzaubert‹.«

»Nein, das sage ich nicht.«

»Doch, das mußt du sagen.«

»Choroni«, sagte der Bwana und zwang sich zur Geduld, »du hast doch eine Ziege. Wenn sie krank ist, hilfst du ihr auch. Ja oder nein?«

»Ja, Bwana.«

»Na also.«

»Aber es ist ja auch meine Ziege.«

»Verstehst du etwas von Ziegen?«

»Ich verstehe alles von Ziegen«, sagte Choroni würdevoll.

»Dann verstehst du auch etwas von Kühen. Ich verspreche dir: Wenn du ihr hilfst, dann sage ich nicht: ›Choroni hat sie verzaubert‹.«

Choroni hörte aufmerksam zu, schüttelte den Kopf und fragte in einem Ton, als spreche er mit einem Kind: »Was steht in deinem Buch, Bwana?«

Vivians Vater blätterte in dem Buch. Als er einmal hochblickte, sah er Geier, die ihre schwarzen Kreise am Himmel zogen. Sie waren zuverlässige Boten des Todes. Schweiß rann ihm in die Augen.

»Man soll«, las er vor und übersetzte gleichzeitig den umständlichen Text ins Suaheli, »das kranke Tier auf die Beine stellen.«

Choroni lächelte zufrieden und sagte langsam: »Du kannst doch keine tote Kuh auf die Beine stellen.«

»Ist die Kuh denn tot?« fragte der Bwana erschrocken.

»Ja, gerade gestorben. Du hast es nicht gesehen, weil du in deinem Buch gelesen hast.« Und weil er keine Antwort erhielt, das schöne Gespräch aber fortsetzen wollte, fügte er noch hinzu: »Sie hat schlechtes Gras gefressen. Da muß man die Hand in den Hals stecken und das Gras wieder herausholen.«

»Warum hast du das nicht gleich gesagt?«

»Bwana«, entgegnete Choroni vorwurfsvoll, »warum schreist du so? Du hast mich nicht gefragt, was die Kuh gefressen hat.«

»Schaff sie fort!« hörte Vivian ihren Vater brüllen, »noch besser: friß sie auf.«

»Eine tote Kuh kann man nicht essen, Bwana.« Choronis Stimme war sanft. »Weißt du, Bwana«, sagte er, »sie wollte sterben«, und weil der Bwana noch immer so traurig aussah, fügte er das schöne Wort hinzu, das ihn zum Lachen bringen sollte. »Arschloch«, sang er.

Choroni begriff nicht, weshalb der Bwana nicht wie sonst lachte. Vivian aber hatte zum ersten Mal in ihrem Leben das Gefühl, als müßte sie ihren Vater schützen.

»Komm«, sagte sie leise und griff nach seiner Hand, »gehen wir ins Haus.«

Ihr Vater tat ihr leid. Es gab so viele Dinge, die er nicht verstand. Alle auf der Farm, Kamau und Burugu, Jogona und sogar sie selbst, wußten mehr.

III.

»Wollen wir spazierengehen, mein schönes Fräulein?«

Vivian stand auf, brachte die graue Katze zur Mutter zurück und pfiff nach dem irischen Wolfshund Kali und nach Simba, der wie ein Löwe aussah und auch den Namen des Löwen trug, seitdem er einmal ein zweijähriges Kind vor einem wütenden Wasserbüffel gerettet hatte.

»Ja«, lachte sie, »wir wollen spazierengehen, mein Herr.«

»Wohin führt uns heute der Weg?«

»Zur Flachsfabrik, mein Herr, zur Flachsfabrik«, kicherte Vivian. Manchmal, wenn ihr Vater gute Laune hatte, konnte er wie Jogona sein. Dann verstand er sich auf die Kunst, Fragen zu stellen, deren Antwort er kannte.

Täglich gingen Vivian und ihr Vater zur Flachsfabrik. Ursprünglich war der Spaziergang als Trost gedacht gewesen, weil Jogona nach dem Mittagessen zu verschwinden und Vivian ohne Spielkameraden zurückzulassen pflegte. Bald aber hätte Vivian um nichts auf der Farm auf diesen täglichen Spaziergang verzichtet, was Jogona sehr mißfiel, obgleich er nicht darüber sprach. Jogona sprach nie über Dinge, die ihn ärgerten. »Das tun nur Weiber und Kinder«, hatte er Vivian einmal erklärt.

Die Flachsfabrik am Ende eines Waldstücks war ein Schuppen mit Wänden aus Lehm und Viehdung. Das grasbedeckte Dach fiel in der Regenzeit manchmal auseinander und mußte täglich geflickt werden. In der Trockenzeit wirkte es wie ein Igel, dem die Stacheln am Körper abstehen.

Auf primitiven Apparaten verarbeitete eine Schar Kikuyus, die nur Hosen und keine Hemden trugen, den Flachs zu langen Fäden. Die fertigen Ballen wurden dann von einem Lastwagen abgeholt und in das hundert Meilen entfernte Nakuru gebracht. Njerere, ein junger Mann, der im Vorjahr die Pocken gehabt hatte, führte die Aufsicht, und er war so stolz auf seine Arbeit wie auf seine Narben.

Für Vivian gehörte Flachs zu den großen, schönen Wundern auf der Farm. Sie war bei der Aussaat dabei, sah die jungen Pflanzen durch die rote Erde schießen und schließlich die blauen Blüten, die nach dem ersten großen Regen die Landschaft in Farbe tauchten und die Erde zum Himmel machten.

In der Flachsfabrik hielt Vivian die weichen Fäden in der Hand und ließ sie durch die Finger gleiten. Dann sagte sie die wunderbaren Worte, die Njerere jeden Tag aufs Neue beglückten.

»Wie ein Traum aus der Erde«, pflegte sie zu flüstern.

Das brachte Njerere dazu, ganz tief in der Kehle zu gurgeln und den Satz zu sagen »Du sprichst wie ein Muchau.«

Der Vergleich mit dem allgegenwärtigen Medizinmann ließ Vivian jeden Tag erschauern. Sie witterte, daß ihr Vater solche Gespräche mißbilligen würde, und so sprach sie mit Njerere nicht Suaheli, sondern Kikuyu, seine Muttersprache. Das war eine zusätzliche Freude für Njerere. Der Bwana stand dabei und hatte keine Ahnung, was gesprochen wurde.

Die Bäume im Wald waren dunkel und die Blätter so steif wie an der Luft getrocknetes Fleisch. Zwischen den Ästen kletterten grüne Meerkatzen herum. Nie ließen sie ihre Gesichter sehen, aber die rosa Fußsohlen verrieten ihr Versteck. Wenn man dann schnell nach oben sah, konnte man die Männchen ausmachen, die größer waren als die Weibchen.

»Erzähl mir was«, sagte Vivian.

»Frühling läßt sein blaues Band wieder flattern durch die Lüfte«, sagte ihr Vater.

»Was ist Frühling?«

»Kannst du dich nicht mehr erinnern?«

»Nein.«

»Das war ein Gedicht«, sagte der Vater, versuchte, sich auf die zweite Zeile zu besinnen und machte eine Bewegung, als wollte er die drückende Luft zerschneiden.

»Zauberst du, Bwana?«

»Nein, kannst du nicht einmal diesen ganzen verfluchten Zauber vergessen?«

»Das war Morenu«, rief Vivian plötzlich. Sie blieb stehen, legte die Hand ans Ohr und hielt sich mit der anderen die Nase zu.

»Wovon sprichst du?« fragte der Vater verblüfft.

»Von Morenu.«

»Ich hab' niemanden gesehen.«

»Wen solltest du denn gesehen haben?« erkundigte sich Vivian.

»Morenu.«

»Aber ich hab' ihn doch auch nicht gesehen.«

»Du hast doch behauptet . . .«

»Ich hab' ihn gerochen«, erklärte Vivian.

»Gerochen?«

»Ja, ich hab' einen Kisi gerochen. Und Morenu gehört doch zum Stamm der Kisi.«

Vivian hatte sich so umständlich ausgedrückt, weil sie zweifelte, ob ihr Vater überhaupt wußte, daß es einen Stamm der Kisi gab. Er wußte viele Dinge nicht, die Vivian im letzten Jahr gelernt hatte.

Der Vater war eher belustigt als erstaunt, wie Vivian vor ihm stand und behauptete, sie könne Menschen riechen. Sie tat, als sei das so selbstverständlich wie einen Krug Kaffee aus der Küche zu holen.

»Du willst doch nicht behaupten«, fragte er schließlich, »daß du die Schwarzen am Geruch unterscheiden kannst. Für mich haben sie alle die gleichen Gesichter.«

Vivian lachte und schüttelte sich wie ein Hund, dem Wasser in die Ohren gekommen ist. »Du kannst immer so schöne Witze machen, Bwana.«

»Wirklich?«

Wie die Schwarzen hatte Vivian keinen Sinn für Ironie. »Morenu«, fuhr sie bedeutungsvoll fort und sah ihren Vater forschend an, »hat ein Messer.«

»Quatsch. Wer hat dir das eingeredet?«

»Jogona sagt es.«

»Wann, wenn ich fragen darf?«

»Am Tag, als Morenu den schwarzen Hund schlachten wollte, der nachts immer den Mond anbellt.«

Der Vater war verblüfft. Es gab kaum Geschehnisse auf der Farm, die nicht bis zu ihm drangen. Dafür sorgten schon der Klatsch und Kamau, der ihn vermittelte. Morenu war nie erwähnt worden.

»Wann wollte Morenu einen Hund schlachten und weshalb?«

Vivian haßte zwei Fragen zu gleicher Zeit. »Am Tag, als die Heuschrecken kamen.«

»Was hat denn Morenu mit den Heuschrecken zu tun?«

»Was soll Morenu mit den Heuschrecken zu tun haben?«

»Na also.«

»Am Tag, als die Heuschrecken kamen«, fuhr Vivian

fort und freute sich auf das, was sie noch zu sagen hatte, »hast du mit Morenu geschrien.«
»Weil die Heuschrecken gekommen sind?«
»Nein, weil er das Bild von Opa zerschlagen hat.«

Vivians gute Laune und ihre Freude an umständlichen Geschichten machten ihren Vater nervös. Er begriff, daß sie wie die Schwarzen dachte. Die Schwarzen liebten es, wenn sie von Unglücksfällen, Tragödien und Katastrophen berichten konnten. Mitgefühl war ihnen fremd. Sie genossen die Schadenfreude. »Es wird Zeit, daß du zur Schule kommst, meine Dame. Du bist schon acht.«

Vivian ließ sich ungern vom Thema abbringen. »Morenu trägt immer ein Messer bei sich«, wiederholte sie.
»Das hast du mir schon erzählt.«
»Schießt du ihn tot?«
»Ich, Morenu totschießen? Wie kommst du denn darauf?«
»Jogona hat Morenu gesagt, du wirst ihn totschießen«, erklärte Vivian, »das war am Tag, als die Heuschrecken kamen . . .«
»Was«, unterbrach der Vater hastig und riß ein Blatt vom Baum, »hat Morenu gesagt?«
»Nichts.«
»Das beruhigt mich.«
»Doch etwas«, lächelte Vivian versonnen, »er hat gesagt: Eines Tages schieße ich alle Weißen tot.«

Der Satz schien endlich zu wirken, denn Vivian beobachtete, wie ihr Vater im letzten Moment einen Seufzer unterdrückte, was immer ein Zeichen dafür war, daß ihn etwas quälte.

29

»Komm«, sagte er, »gehen wir zurück und lassen wir die Flachsfabrik für heute.«

Er und Vivian sprachen wenig auf dem Nachhauseweg. Kaum, daß das Haus in Sicht kam, sahen sie Kamau und hinter ihm das übrige Hauspersonal auf sich zukommen. Auch die Schambaboys waren auf dem Rasen vor dem Haus, und sogar die nackten kleinen Kinder von den Hütten und ihre Mütter hatten sich eingefunden. Von allen Seiten erklang Geschrei. Die Farm hatte nicht mehr ihr friedliches Gesicht. Sie erstickte in Kreischen und Unruhe. Selbst die Hunde waren erregt.

»Was ist los, Kamau?«

»Bwana«, verkündete der Hausboy gestikulierend, »dein Gewehr ist fortgelaufen.«

»Woher weißt du das?«

»Ich ging zum Schrank, aber da war es schon fortgelaufen.«

»Hat es Beine bekommen?«

»Ja, Bwana.«

»Warum bist du zum Schrank gegangen?« fragte der Bwana verwirrt.

»Um zu sehen, ob dein Gewehr noch da ist.«

»Wozu? Es ist doch immer im Schrank.«

»Heute nicht!« jubelte Kamau und warf die Arme in die Luft.

Die Zuschauer klatschten.

»Gestern war es noch da.«

»Bwana«, erinnerte Kamau vorwurfsvoll, »ich spreche nicht von gestern.«

Vivian schob die lärmenden Kinder beiseite. Als sie zwischen Kamau und ihren Vater trat, atmete sie tief, um ihrer Stimme Kraft zu geben.

»Wo«, fragte sie so laut, daß alle es hören konnten, »wo ist Morenu?«

Die Worte ließen das Geschrei verstummen. Sie prallten als Echo von den Bergen zurück, und die plötzliche Stille wirkte wie ein Löwe, der zum Sprung ansetzt.

Kamaus Gesicht zeigte erst Erstaunen und dann Bewunderung. »Warum«, fragte er schließlich und sprach sehr langsam, »willst du wissen, wo Morenu ist?«

»Ich seh' ihn nicht.«

»Du siehst ihn nicht«, bestätigte Kamau. »Er ist fortgelaufen wie das Gewehr vom Bwana.«

Vivian wußte, daß sie am Ziel war. Sie suchte Jogonas Blick und versuchte, in seinen Augen zu lesen, doch sie bezwang ihren Stolz und fragte: »Hat er das Gewehr genommen?«

»Vivi«, protestierte der Vater, »das ist voreilig. So darf man nicht denken. Ich bin doch Anwalt.«

Vivian war froh, daß ihr Vater Deutsch gesprochen und niemand ihn verstanden hatte. Sie genierte sich ein wenig für ihn, und doch tat er ihr leid. Er kam ihr wie ein Hund vor, der den Knochen nicht findet, den er am Tag zuvor vergraben hat.

»Morenu hat das Gewehr genommen«, bestätigte Kamau.

»Woher weißt du das?«

»Bwana, das riech' ich.«

Der Vater sah Vivians Gesicht und mußte lächeln, obgleich er nicht lächeln wollte. In diesem Land, das ihm so fremd war, war sie die Klügere von beiden. Eines Tages würde er nach Deutschland zurückkehren und seinem Kind die Heimat wiedergeben. Er seufzte, weil dieser Tag noch sehr weit weg war, aber der Gedanke beruhigte ihn.

Laut sagte er: »Schön, Kamau, du kannst gut riechen.«

»Dein Gewehr ist fortgelaufen, Bwana«, protestierte Kamau und sah sich um seine schöne Geschichte betrogen.

»Ja, ich weiß.«

Die Männer und Frauen auf dem Rasen setzten sich nieder und klatschten mit beschwörenden Bewegungen. Sie hörten erst auf, als aus der Ferne der Klang der Trommeln zu ihnen drang.

»Bwana, Morenu hat dein Gewehr genommen«, begann Kamau noch einmal, aber in seiner Stimme war keine Hoffnung mehr.

»Die Hyäne soll Morenu fressen.«

»Fein, Bwana«, jubelte Vivian, »du hast gewonnen.«

»Nein, du«, sagte der Vater, und Vivian wunderte sich, weshalb die Worte sie nicht so stolz machten, wie sie erwartet hatte, sondern traurig.

Sie griff nach der Hand des Vaters, und langsam gingen beide durch den Garten. Die untergehende Sonne war so rot wie die Pflanzen, die an den Holzwänden des Hauses hochkletterten.

Im Kamin lag schon das Holz für das abendliche Feuer. Davor lag der weiße Boxer Polepole, der so genannt wurde, weil er sich so langsam bewegte. Polepole war immer zur Stelle, wenn das Feuer angezündet wurde. Er liebte die Wärme, und einmal hatte er sich sogar sein Fell verbrannt, weil er zu dicht an die Glut gekommen war. Polepole leckte sich die Pfoten. Vivian ergriff eine und kratzte sich damit die Backen warm.

»Kamau kommt wohl heute nicht, um Feuer zu machen?« fragte der Vater mit müder Stimme.

»Doch.«

»Riechst du ihn etwa?«

»Weshalb soll ich ihn riechen?« fragte Vivian erstaunt, »ich höre ihn doch. Er hat so große Füße.«

Im selben Augenblick klopfte Kamau an der Tür. Er trat ins Zimmer, ehe er gerufen wurde, und einen Moment lang hatte Vivians Vater das Gefühl, er müßte sein Kind beschützen. Er stellte sich vor sie, und Vivian überlegte, ob das ein neues Spiel sei.

»Bwana, dein Gewehr ist wieder da«, sagte Kamau. Seine Stimme war sanft wie das Summen von Bienen. Er kniete sich vor den Kamin.

»Steh auf, was heißt das?«

»Es wollte zu dir zurück!«

»Und wo ist Morenu?«

»Morenu?« Kamau sah aus, als sei er tödlich getroffen worden.

»Ja, wo ist Morenu?«

»Bwana, du bist ja so rot im Gesicht wie das Feuer, das bald brennen wird, wenn du mich an den Kamin läßt.«

»Als mein Gewehr fortgelaufen ist, lief auch Morenu fort«, sagte Vivians Vater und kam sich sehr albern vor.

Kamau strahlte. »Aber Bwana«, lachte er, »vieles ist doch fort.«

»Was denn?«

»Die Sonne«, erklärte Kamau geduldig, »und die Schatten. Die Schambaboys sind nicht mehr auf den Feldern. Aber ich bin da. Ich werde Feuer machen.«

Er hockte sich vor den Kamin, und diesmal ließ es der Bwana geschehen. Vorsichtig zündete Kamau das trockene Zedernholz an. Er blies in die Glut, bis die Flammen kleine rote Wellen schlugen, und dann legte er ein großes Scheit Holz auf den Haufen, stand auf und rieb sich zufrieden die Hände.

Die Hyänen heulten die Nacht ein, und von der Küche drangen die Stimmen der Hausboys in die vorderen Räume. Sie sangen das schöne Lied vom Schakal, der seinen Schuh verloren hat. Als Kamau aus dem Zimmer gegangen war, ging Vivian zu ihrem Vater und streichelte sein Haar.

»Wie Flachs«, sagte sie, hielt aber plötzlich inne und warf sich zu Boden. Sie stand sofort wieder auf und lief zum Fenster.

»Besuch kommt«, meldete sie aufgeregt.

»Um Himmels willen, Vivi, das halt ich nicht aus. Riechst du schon wieder was?«

»Nein«, lachte Vivian, »Autos kann man nicht riechen. Und vor unserer Tür steht ein Auto.«

IV.

Der Fremde hatte seinen zerbeulten kleinen Lastwagen so dicht vor das Haus und quer über den Rasen gefahren, daß er unmittelbar vom Auto ins Wohnzimmer umsteigen konnte. Die Wagentür wurde während der Fahrt mit einem dicken Strick von innen festgehalten. Nun lag sie auf der Erde. Die Windschutzscheibe fehlte, und nur der Fahrer hatte einen Sitz. Hinten hockten drei große graue Hunde, die auch dann weiterschnarchten, als Vivian und ihr Vater aus dem Haus stürzten. Zwischen den Hunden saßen drei Kikuyus, die sich aus dem Gewirr von Fell und Pfoten herausschälten. Sie lachten gut gelaunt und blickten erwartungsvoll in Richtung des kleinen Gebäudes, das als Küche diente.

Der nächtliche Besucher hatte einen Strick um seine Hose gebunden und trug eine Weste aus ungegerbter Büffelhaut. Sein Haar war weißblond, die Haut wie Leder. Vivians Vater überlegte angestrengt, in welcher Sprache er seinen unvermuteten Gast anreden sollte. Der Mann sah nicht aus wie ein Engländer, also wäre Suaheli das Beste gewesen, aber im Angesicht der gaffenden Schwarzen konnte er sich dazu nicht entschließen. Er mußte an die Geschichte von Stanley und Livingstone denken, die sich im Urwald getroffen hatten.

»Dr. Livingstone, I presume«, hörte Vivian ihren Vater sagen.

»Nein«, erwiderte der Gast in hartem Deutsch, »ich bin nicht Dr. Livingstone, sondern Louis de Bruin, und mit mir brauchst du kein verdammtes Englisch zu sprechen.«

Vivian stand mit offenem Mund da, wie ein Esel, dem die Mittagshitze zu viel wird, und auch ihr Vater war sprachlos. Er blickte zum dunklen Himmel, als wollte er die Sterne zählen.

»Sie sind nicht aus Kenia?« fragte er schließlich.

»Natürlich«, erwiderte de Bruin, »bin ich aus Kenia.«

»Ich bin kein Engländer«, erklärte Vivians Vater.

»Das weiß ich. Wärst du Engländer, würde ich nicht hier stehen. Ich hasse die Engländer. Alle Buren hassen die Engländer.«

»Natürlich«, sagte Vivians Vater höflich und überlegte sich, was er von den Buren in der Schule gelernt hatte, aber ihm fiel nichts ein.

»Die Schwarzen nennen mich Bwana Mbusi«, erläuterte de Bruin.

»Bwana Mbusi«, johlte Kamau und ahmte eine Ziege nach.

Das also war Bwana Mbusi. Die Schwarzen hatten für jeden Weißen einen Spitznamen. Der Bure wurde Bwana Mbusi genannt. Das hieß Herr Ziege. In jungen Jahren hatte er Ziegen gezüchtet und sie an die Schwarzen verkauft. Als er reich genug war, sich ein eigenes Stück Land zu kaufen, hatte er nur noch Kühe auf seiner Farm weiden lassen und Flachs angepflanzt. Kamau hatte viel von Bwana Mbusi erzählt. »Acht Kinder hat er«, pflegte er zu berichten, »und eine Frau, die so stark ist wie eine Kikuyufrau. Er behandelt seine Leute nicht gut, aber er verprügelt auch seine Kinder.«

Vivian mußte sofort an die Geschichten denken, die Kamau erzählt hatte, und sie betrachtete den Buren forschend. Ihrem Vater war die ganze Sache peinlich. Er kam sich vor wie ein Kind, das durchs Schlüsselloch geschaut hat. Er wußte alles von seinem Gast und bildete sich ein, sein Gast wüßte nichts von ihm.

»Hab' schon viel von dir gehört«, erklärte de Bruin.

»Kommen Sie doch ins Haus«, sagte der Vater. Er war so glücklich, Deutsch zu hören. Seit Monaten hatte er nur mit Vivian und den Schwarzen gesprochen. Besucher auf der Farm waren ein kostbares Geschenk. Mit einer fast ehrfürchtigen Bewegung stellte er seinen Stuhl vor de Bruin.

»Du hast Stühle?« fragte der Bure verblüfft.

»Warum nicht?«

»Ich hab' fünf Jahre lang auf Holzkisten gesessen. Um Stühle zu machen, hatte ich keine Zeit.«

Vivians Vater überlegte, wie er das Gespräch mit einem Mann eröffnen sollte, der Stühle als Luxus betrachtete.

»Ich dachte«, sagte de Bruin und kam ihm zuvor, »daß du Hilfe brauchst.«

»Das ist aber nett von Ihnen.«

»Die Sache mit dem Gewehr hat mir nicht gefallen.«

»Sie wissen vom Gewehr?«

»Ja, meine Boys haben's mir erzählt.«

»Woher wußten die davon?«

»Von den Trommeln«, antwortete de Bruin. Er war verblüfft, daß er nach einer solchen Selbstverständlichkeit gefragt wurde, stand auf und stellte sich vor das

Regal aus ungehobelten Brettern. Behutsam nahm er ein Buch heraus und streichelte den Ledereinband. »Muß schön sein, wenn man lesen kann«, stellte er fest.

»Ich kann auch nicht lesen«, erklärte Vivian.

»Aber du wirst es lernen. Männer wie dein Vater bringen ihren Kindern das Lesen bei.«

»Können deine Kinder lesen?«

»Wozu?« fragte de Bruin, »die sollen arbeiten lernen. Hör mal«, fuhr er fort und starrte dabei ins Feuer, »wenn dieser Kerl, der dein Gewehr gestohlen hat, wieder auf die Farm zurückkommt, dann schieß ihn über den Haufen.« Er streichelte das Buch zärtlich und stellte es zurück ins Regal.

»Vivian«, sagte der Vater schnell, »hol Kamau und sag ihm, er soll Kaffee kochen.«

»Er steht doch die ganze Zeit schon vor der Tür und wartet, daß du ihn rufst«, lachte Vivian.

Kamau kam herein und trug die Kaffeekanne. Er war glücklich, endlich gerufen zu werden, doch beleidigt, als der Bwana sagte, er würde selbst die Tassen aus dem Schrank holen. Es waren weiße Mokkatassen mit einem Goldrand. Die Löffel waren aus Silber, und auch eine Zuckerzange war da.

»Haben wir nicht mehr benutzt, seitdem wir aus Deutschland gekommen sind«, sagte der Vater.

»Was«, fragte de Bruin, »soll denn das sein?« Er hielt eine Tasse weit von sich und kniff das linke Auge zu. »Daraus trinkst du Kaffee?«

»Nur, wenn ich Besuch habe.«

»Um Gottes willen. Das Kind auch?«

»Das Kind«, lachte der Vater, »trinkt doch keinen Kaffee.«

»Kein Wunder, daß sie so mager ist«, lachte de Bruin,

»komm her«, rief er, wobei er eine Bewegung machte, als wollte er seine acht Kinder an sich drücken.

»Kamau, die anderen Tassen«, sagte der Bwana, und Kamau rieb sich vergnügt die Hände.

Langsam ging Vivian auf de Bruin zu. Sie war weiße Menschen nicht mehr gewöhnt, und die meisten machten ihr Angst, aber de Bruin gefiel ihr. Er sagte Dinge, wie sie Jogona sagte, und er sprach nicht wie ihr Vater. Sie rieb ihr Gesicht vorsichtig an seiner Jacke aus Büffelhaut und zog den Duft von Tabak, Kaffee und Schweiß ein.

»Riechen alle Buren so?«

»Ha«, lachte de Bruin, »du bist ein Kikuyukind, und dein Vater weiß es noch nicht. Komm, jetzt trinkst du Kaffee mit mir. Milch ist für Babies und Kälber.«

De Bruin eroberte die Herzen im Sturm. Obgleich er kein Wort verstand, hockte Kamau glücklich bei der Tür. Es gefiel ihm, daß der Bwana lachte, wenn der Bure ins Feuer spuckte. De Bruin berichtete von seiner Jugend in Tanganyka. Dort hatte er auch Deutsch gelernt.

»Das Wandern ist des Müllers Lust«, sang er plötzlich und mit lauter Stimme.

»Bwana, warum weinst du?« fragte Vivian.

»Ich weine nicht«, antwortete ihr Vater. Vivian zeigte ihm nicht, daß sie ihn bei einer Lüge ertappt hatte.

Später sang de Bruin schwermütige Lieder in Afrikaans, der Sprache der Buren, und da mußte Vivian ein bißchen weinen. Die Lieder erinnerten sie an die dunklen Wälder, in die sie nicht durfte, aber sie lief manchmal doch mit Jogona hin. Sie mußte an die Affen denken, die man nur an ganz guten Tagen sah, aber sie genoß das Salz ihrer Tränen und daß ihr Vater die Melodien bald mitsummte.

De Bruin ließ die drei Kikuyus rufen, die in der Küche mit Tee und Zucker bewirtet worden waren. Neugierig kamen sie in die fremde Stube, traten sich gegenseitig auf die Füße und schubsten sich wie Kinder.

»Geht zu meiner Memsahib«, rief er, »und sagt ihr, ich bleibe die Nacht bei Bwana Warutta.«

»Wird sich deine Frau nicht ängstigen? Die Männer kommen doch erst gegen Morgen an.«

»Burenfrauen ängstigen sich nie.«

»Wer ist Bwana Warutta?« fragte der Vater.

»Du«, antwortete Vivian leise. Es war ihr unangenehm, daß ihr Vater sich vor de Bruin blamierte. Wie konnte er nicht über die Spitznamen Bescheid wissen? Der Name, den einer von den Schwarzen erhielt, war wichtiger als der eigene.

»Wo hast du bloß deine Ohren?« fragte de Bruin. »Du bist der Bwana Warutta. Weißt du überhaupt, was Warutta heißt?«

»Schießpulver«, sagte Vivian und sah dabei wie Kamau aus, wenn er jemanden hereingelegt hatte.

»So ist es«, bestätigte de Bruin. »Aus dem Mund deines Vaters schießt es wie Pulver, wenn er wütend ist. Aber Pulver verfliegt schnell. Dann ist alles wieder, wie es war. Nicht wahr, Bwana Warutta?«

»Darf ich auch Du sagen«, fragte der Vater statt einer Antwort.

De Bruin runzelte die Stirn. Er hatte die Frage nicht begriffen. In seiner Sprache, in Afrikaans, kannte man nur das Du. »Hab' ich«, fragte er, »was Falsches gesagt?«

»Du hast genau das Richtige gesagt.«

Kamau brachte die dritte Kanne mit dampfendem Kaffee und füllte neues Petroleum in die Lampen. Es war eine gute Nacht. Er hatte viel von den Männern von Bwana Mbusi erfahren, und sie würden überall erzählen, daß Kamau ihnen Zucker und Tee gegeben hatte und daß er so lange in der Stube sitzen durfte, wie er wollte. Zufrieden legte er ein Stück Holz in den Kamin und beobachtete die aufzüngelnde Flamme so gespannt, als hätte er noch nie ein Feuer brennen sehen.

»Vivian, du mußt jetzt ins Bett«, drängte der Vater.

De Bruin duldete das nicht. »Kinder schickt man nicht ins Bett, wenn Besuch da ist.«

So lag Vivian mit dem weißen Boxer Polepole vor dem Kamin. Manchmal schloß sie die Augen, und, wenn sie sie wieder öffnete, sah sie ihren Vater lachen. Einmal, als sie fest schlief, wurde sie davon wach, daß ihr Vater sang. Seine Stimme war nicht traurig wie sonst, sondern laut wie die eines Büffels. »Ich hab' mein Herz in Heidelberg verloren«, sang der Vater. Danach mußte er de Bruin die Geschichte vom Prinzen erzählen, der eine Kellnerin liebte und von ihr Abschied nehmen mußte. »Ist die auch wahr?« fragte de Bruin und sah aus wie ein Kind, das gern noch an den Osterhasen glauben möchte.

»Ja«, log Vivians Vater gut gelaunt.

»Dann werd' ich sie meinen Kindern erzählen. Die werden weinen und sich freuen.«

»Weinen deine Kinder denn gern?« fragte Vivian.

»Ja, wenn es sich um schöne Geschichten handelt.«

Die Dämmerung kroch durch das offene Fenster. Bald würde man den Tau auf dem langen Gras sehen und die Kühe hören. »Dein Vater ist also noch in Deutschland«, hörte Vivian de Bruin fragen. Sie wußte, daß ihr Vater wieder traurig werden würde, und stopfte sich ihr Ohr mit Polepoles kleinem Stummelschwanz zu.

»Ja, und er wird dort sterben.«

»Wieso?«

»Alle Juden, die noch in Deutschland sind, müssen sterben.«

»Warum?«

»Hast du nie etwas von Konzentrationslagern gehört, mein Freund?«

»Doch«, sagte de Bruin, »die Engländer haben sie erfunden. Für uns Buren. Deutschland ist ein gutes Land.«

»Nicht mehr für Juden.«

»Warum läßt du deinen Vater nicht hierher kommen?« fragte de Bruin.

»Ich hab' kein Geld.«

»Was heißt Geld? Auf einer Farm wird jeder satt.«

»Stimmt«, sagte der Vater. »Aber das ist es nicht. Die hier verlangen Geld, wenn einer nach Kenia kommt. Viel Geld.«

»Wer?«

»Die Einwanderungsbehörden.«

»Die Schweine«, sagte de Bruin und spuckte ins Feuer, daß es zischte. »Was sage ich? Immer die Engländer.«

Wenn de Bruin auf die Engländer zu sprechen kam, war er ebensowenig zu halten wie ein Bulle, der verrückt geworden ist und gegen alle Zäune läuft. Er hörte erst mit seinen wilden Reden auf, als die Sonne schon am Himmel stand.

»Muß zum Melken«, sagte er, und seine Stimme war wieder ganz ruhig. Wie der verrückte Bulle, der mit einem Mal vergißt, weshalb er sich so geärgert hat.

»Ich hoffe, du kommst wieder. Auch wenn niemand ein Gewehr klaut.«

»Du bist sehr allein hier«, erwiderte der Bure, »keine Frau, nur ein Kind. Das ist nicht gut für einen Mann.«

»Manchmal glaub' ich, ich ertrag's nicht länger.«

»Du brauchst eine Frau«, sagte de Bruin.

»Daran hab' ich nun wieder nicht gedacht, mein Freund.«

»Ich weiß eine«, sagte de Bruin, »das wollt ich dir schon die ganze Zeit sagen. Sie wohnt ganz in der Nähe. Bei einer Freundin in Ol'Kalau, und sie ist noch jung und hat anständige Hüften.«

Vivian grübelte gerade, was ihr Vater mit einer Frau machen sollte, und weshalb ihr das Gespräch nicht gefiel, als de Bruin schon wieder von der Frau sprach.

»Was dich aber am meisten interessieren wird: Sie kommt aus Deutschland«, sagte er.

»Die deutschen Hüften haben es mir angetan«, lachte der Vater, und Vivian hätte ihm gern gesagt, daß er wie ein Esel aussah. Doch sie traute sich nicht. Ihr Vater hatte nicht den richtigen Sinn für die Art von Späßen, die sie liebte.

»Ich werd' sie dir herschicken«, versprach de Bruin.

»Bist du Heiratsvermittler?«

De Bruin hatte das Wort nie gehört, aber er schien immer noch zu wissen, daß von der Frau die Rede war. »In deinem Alter«, sagte er, »sollte man Kinder machen. Und sie versteht etwas davon. Sie ist Lehrerin.«

»Dein Gemüt möcht ich haben, de Bruin«, sagte der Vater, und Vivian fand, daß er nicht mehr wie ein Esel aussah, sondern wie ein Hund, der eine Spur entdeckt hat.

Die Glut im Kamin war kalt geworden. De Bruin stand auf, streckte sich gähnend und zog den Strick, der die Hose hielt, fest um seine Taille.

»Jetzt muß ich wirklich gehen. Beim Melken bin ich gern dabei.«

»Ich auch«, sagte der Vater, und Vivian, die längst vergessen hatte, was Ironie war, ärgerte sich, daß er log.

Noch mehr ärgerte sie sich, als de Bruin schon im Auto saß, und ihr Vater noch einmal auf die Frau in Ol'Kalau zu sprechen kam.

»Vielleicht könntest du sie mir mal vorstellen. Ich meine, die Frau, von der du erzählt hast.«

»Das nenn' ich klug«, sagte de Bruin und drückte auf die Hupe.

»Ich meine doch nur, weil sie Lehrerin ist. Vivian müßte längst zur Schule.«

»Das Kind braucht Geschwister und nicht Bücher. Also ich schick sie dir«, versprach de Bruin und lachte, als er Vivian nach der zerbeulten Tür seines Wagens treten sah.

»Du bist doch eine Kikuyufrau«, sagte er, »da weißt du doch, daß ein Mann zwei Frauen haben darf, wenn er reich genug ist.«

»Wir sind aber nicht reich«, erläuterte Vivian.

V.

»Ich glaube, die Heuschrecken kommen heute nicht«, sagte Vivian sehnsüchtig. Sie ließ das Wort für Heuschrecken auf der Zunge zergehen. »Nsigi«, wiederholte sie. Es war ein gutes Wort, das Aufregung und Lärm brachte.

»Nein«, bestätigte Jogona, »der Wind wird uns heute keine Heuschrecken bringen.«

Die Kinder sahen die Heuschrecken gern auf die Farm kommen. Überall wurden am Rande der Felder kleine Feuer entzündet, denn die Heuschrecken mieden Flammen und Rauch. Die Schambaboys liefen kreischend umher und schlugen mit langen Stöcken gegen dünne Blechplatten, um die alles zerstörenden Heuschrecken zu vertreiben und sie durch den Lärm zu ängstigen. Am schönsten aber war es, wenn die ersten Schwärme dicht über den Köpfen der Kinder hinwegflogen. Da konnte man ihnen die Flügel ausreißen, stopfte sie in den Mund und fühlte erst das Schlagen auf der Zunge und dann den warmen Saft und das zarte Fleisch.

»Wenn dein Vater sieht, daß du Heuschrecken ißt«, sagte Jogona, »wird er böse werden. Weiße essen keine Heuschrecken.«

»Ich esse sie aber doch.«

»Du bist auch nicht weiß«, sagte Jogona, doch er lachte nicht. Es machte einen guten Witz noch besser, wenn man nicht dabei lachte.

»Wenn die Nsigis nicht kommen, was werden wir tun?« fragte Jogona gelangweilt. Er sah den Bwana aus dem Haus treten. Wenn die Heuschrecken kamen, war Angst auf dem Gesicht des Bwana, und Jogona sah das gern. Jetzt aber lächelte der Bwana.

»Vivian«, rief er, »komm dich waschen.«

»Jetzt«, fragte Vivian zurück, »jetzt soll ich mich waschen?« Sie überlegte einen Moment lang, ob ihr Vater ein neues Spiel erfunden hatte, denn sie hatte sich schon lange nicht mehr gewaschen, wenn die Sonne hoch am Himmel stand, aber ihr Vater erfand selten brauchbare Spiele.

»Jetzt soll ich mich waschen?« fragte sie noch einmal zurück und bemühte sich, dabei wie ein angreifender Büffel auszusehen. Es gelang ihr gut, aber ihr war klar, daß ihr Vater die Ähnlichkeit nicht erkennen würde.

»Wir bekommen Besuch«, sagte er.

»Wer kommt?« Der Tag schien sich doch noch gut zu entwickeln.

»De Bruin.«

»Und da soll ich mich waschen?« sagte Vivian erfreut,

denn nun war sie ganz sicher, daß es sich um ein neues Spiel handelte, aber ihr Vater dämpfte die Freude wieder. Seine Worte waren wie plötzlicher Regen, der ein schönes Feuer zum Erlöschen bringt.

»De Bruin bringt jemanden mit.«

»Wer?«

»Wen«, verbesserte der Vater ungeduldig, »es heißt: wen bringt er mit.«

»Wen also?« gab Vivian nach. Offenbar war der Vater endlich dabei zu lernen, daß man nicht alles Wichtige auf einmal sagte. Sie sah ihn anerkennend an.

»Eine Dame«, sagte er.

»Ach so, eine Frau«, verbesserte Vivian in dem gleichen Ton wie zuvor der Vater.

»Sie wird dir gefallen.«

»Gefällt sie dir?«

»Ich kenne sie noch nicht«, sagte der Vater widerstrebend.

»Du kennst sie noch nicht, aber du weißt, daß sie mir gefallen wird.«

In Vivians Ton war keine Ironie, aber sehr viel Staunen. Die Sache begann ihr zu gefallen.

»Wir bekommen Besuch, Jogona«, sagte sie wichtig.

»Ich weiß«, erwiderte der Junge, bemüht, so auszusehen, als sei er nach langem Schlaf erwacht.

»Jogona weiß es.«

»Fein«, sagte der Bwana, »wirklich schlau von ihm.«

»Jogona, mein Vater sagt, du bist klug«, mißverstand Vivian.

»Der Bwana will, daß du der Frau gefällst, die jetzt kommt«, sagte Jogona.

»Soll ich der Frau gefallen, die jetzt kommt?« wollte Vivian wissen, aber ihr Vater war schon ins Haus zurückgegangen.

Jogona legte sich auf die Erde und drückte sein Ohr fest auf den Boden. »Ich hör' den Wagen von Bwana Mbusi.«

»Du hörst gut«, sagte Vivian, »ich muß jetzt gehen.«

Eine fremde Frau, die zu Besuch kam, war auch gut, wenn die Heuschrecken schon nicht kamen. Sie hörte Kinanjui mit Kamau in der Küche streiten, und die Aussicht auf einen Wortwechsel stimmte sie fröhlich. Sie war bereit, sich waschen zu gehen, aber ihre Füße waren noch nicht bereit, ihr zu gehorchen. Vivian spürte zu sehr, wie der Tag nach Aufregung roch, um sich vom Fleck zu rühren. Im selben Moment sprach Jogona. Seine Stimme war ganz dicht an ihrem Ohr und sehr dunkel.

»Ich hab' schon die Hunde gefüttert«, sagte er.

»Ich weiß. Ich war dabei.«

»Das ist gut, daß du es weißt.«

De Bruins alter Lastwagen keuchte den steilen Berg hoch. Die Hunde vergaßen die Hitze und bellten. Kamau vergaß seinen Streit mit Kinanjui und lief vor das Küchengebäude. Vivian vergaß, daß sie sich hatte waschen wollen.

Jogona vergaß, daß man sich Zeit zum Reden zu nehmen hatte, und fragte: »Kommst du mit?« Seine Stimme war scharf wie ein Messer.

»Nein«, erwiderte Vivian, obgleich sie wußte, daß es nicht stimmte, »ich komme nicht mit.«

»Warum kommst du nicht mit?«

»Wir bekommen Besuch.«

Jogona sah sie lange an. In seinem Gesicht bewegte sich kein einziger Muskel, und sein ganzer Körper war so ruhig wie ausgetrocknete Erde an einem windstillen Tag.

»Bald wird mich der Vater von meinem Vater rufen«, sagte er.

»Der Muchau«, entfuhr es Vivian. Ohne daß Jogona

noch ein Wort zu sagen brauchte, rief sie in Richtung des Hauses: »Ich komm bald. Ich komm bald.«
»Geh nur«, hörte sie ihren Vater rufen.
»Mein Vater sagt, ich kann mit dir gehen.«
»Du wärst auch so gekommen«, antwortete Jogona.
Jogonas Augen waren zufrieden. So sahen Hunde aus, die nach langer Jagd eine Gazelle gerissen hatten. Jogona rannte voraus und Vivian, die Hände in den Hosentaschen, hinter ihm her. Sie war sicher, daß es sich bald lohnen würde, ihn einzuholen.

Die Kinder liefen durch die Maisfelder dicht am Waldrand und auf den kleinen Hügel zu, auf dem die Buschbabies im Morgengrauen spielten. Jogonas kahler Schädel glänzte in der Sonne. Silbern spiegelten sich die Schweißtropfen auf seiner Kopfhaut. De Bruins Wagen war nur noch ein kleiner schwarzer Punkt. Die Frau neben ihm sah aus wie ein winziger gelber Fleck.

»Geh'n wir jetzt zum Vater von deinem Vater?« keuchte Vivian. Sie war erschöpft vom Laufen und stand in einer rötlichen Staubwolke. Die Körner fielen in einer feinen Schicht auf ihre nackten Füße.
Jogona blickte zum Himmel und tat so, als müßte er wieder nach Heuschrecken suchen. Seine Augen waren voller Spott. Er hielt die Arme von sich gestreckt und den Mund offen. Vivian fand, er sah klug aus und wie ein Mann. Sie freute sich an seinem Schweigen, aber natürlich sagte sie das nicht und blickte angestrengt zu einer Herde grasender Zebras. Das schwarzweiße Muster der Streifen zerschnitt das grelle Licht. Jetzt würde Jogona von der Zeit sprechen, als Vivian noch nicht wußte, daß man Zebras gestreifte Esel nannte. Es würde ein guter, langer Tag werden. Auch ohne Heuschrecken.

»Heute gehen wir nicht zum Vater von meinem Vater«, sagte Jogona stattdessen. Seine Stimme bemühte sich um Ruhe, aber seine Zehen, die sich durch das kurze Gras wühlten, verrieten ihn. Er hatte früher als erwartet gesprochen und nicht von Zebras, und er wußte, daß Vivian seine Unsicherheit bemerken würde. Er fühlte sich wie ein Jäger, der nachts in seine eigene Falle stolpert, und er sah Vivian feindselig an.

Vivian pflückte einen Grashalm mit ihren Zehen und steckte ihn mit dem Fuß in den Mund. Dann kratzte sie sich am Ohr wie ein Affe, dem es nicht um die Flöhe, sondern um den Spaß am Kratzen geht, und spottete leise. »Der kluge Jogona hat vom Muchau gesprochen. Nicht ich. Wußtest du das nicht?«

Als Jogona nicht antwortete und immerzu mit einer Fliege spielte, die seinen Arm entlangkroch, begriff sie, daß noch nicht einmal zehn Büffel ihm ein weiteres Wort über den Medizinmann entlocken würden. Steifbeinig ging Vivian auf einen Ameisenberg zu und stieß ihn mit einer Bewegung ihres Fußes um. Sie griff in die aufgeschreckten Tiere und setzte eine dicke, weiße Ameise auf ihre Hand. Als die Ameise bis zur Schulter gekrochen war, zerdrückte sie sie sorgsam und steckte sie in den Mund. Der säuerliche Geschmack war ihr zuwider, aber sie lächelte, als sei nichts geschehen, und sagte: »Süß wie Honig.«

»Du bist ein Kikuyu«, lobte Jogona, bereit, die Gelegenheit zu neuen Gesprächen zu nutzen.

»Und du ein Lumbwa.«

Der Pfeil traf. Kein Kikuyu ließ sich Lumbwa nennen und kein Lumbwa einen Kikuyu schimpfen. Die Kluft zwischen beiden Stämmen war zu groß.

»Was soll das heißen?« fragte Jogona drohend.

»Du lügst wie ein Lumbwa.«

Jogona kratzte sich am Bein, bis es blutete, und Vivian weidete sich an seiner Verlegenheit.

Kühl fuhr sie fort: »Du hast gesagt, du willst mir den Vater von deinem Vater zeigen, und nun stehst du da wie ein Esel vor einer Schlange. Also«, spuckte sie verächtlich und ganz dicht an Jogonas Fuß vorbei, »lügst du wie ein Lumbwa.«

Jogona ließ sich Zeit. Er hatte nichts mehr zu verlieren und wußte es. »Ich zeig dir«, schlug er vor, »meinen Bruder.«

»Ich kenne alle deine Brüder.«

»Den nicht.«

»Doch«, sagte Vivian und tat so, als müßte sie mit einem Hund ohne Verstand sprechen, »ich kenne Burugu, Kanja und Schepoi. Und ich kenne Jogona. Ja, Jogona kenne ich auch.«

»Heute kommt noch ein Bruder«, sagte Jogona unbewegt.

»Woher?«

»Er kommt.«

»Er kommt«, äffte Vivian ihn nach, »er kommt wie der Muchau. Nicht wahr, so kommt er doch?«

»Nein. Er kommt aus dem Bauch meiner Mutter.«

»Kein Kind kommt aus dem Bauch seiner Mutter. Du lügst schon wieder, du Lumbwa.«

Jogona erkannte seinen Sieg sofort. Vivians wütendes Gesicht hatte sie noch mehr verraten als ihre Worte. Er fühlte, wie er groß und stark wurde und wie sich seine Muskeln spannten, und er lachte mit der Stimme eines Affen, der einer brütenden Vogelmutter die Eier stiehlt.

»Komm, wir gehen«, sagte er, und, ohne Vivian anzusehen, wußte er, daß sie ihm folgen würde.

»Wohin?«

»Zu den Hütten.«

»Mein Vater wird mich suchen.«

»Dein Vater«, sagte Jogona langsam und betonte die Worte wie einer, der zu einem Tauben spricht, »sucht heute nicht nach dir.«

»Das weiß ich«, erinnerte sich Vivian und überlegte angestrengt, was Jogona wohl meinte.

Die Hütten von Jogonas Vater Kimani, dessen Bruder Chai und dessen Schwager Katinga lagen am Waldrand, hundert Schritte von den übrigen Hütten entfernt. Sie waren rund, aus Lehm und Dung gebaut und hatten Grasdächer. Abends war Vivian oft dort gewesen. Da hockten die Männer vor den Hütten und kochten ihren weißen Maisbrei in großen Schüsseln auf dem offenen Feuer. Um die Mittagszeit aber sahen die Hütten fremd aus. Nur ein paar kleine Kinder spielten davor. Sie blickten Vivian scheu an und kicherten. Bis auf dünne Ketten aus winzigen, bunten Glasperlen, die sie um die Taille trugen, waren sie nackt. Nur ein etwa zweijähriger Junge stolperte auf Vivian zu. Er hatte einen aufgeblähten Leib mit hervorstehendem Nabel. Seine Haut glänzte, und die Augen wirkten wie die ersten Regentropfen nach langer Dürre.

»Misuri«, sagte Vivian. Misuri hieß gut, aber sie hatte das oft gebrauchte Wort anders gemeint. Misuri hieß auch schön. Nur Jogona wußte das nicht. Nie würde er begreifen, was Schönheit war, und niemals würde er die Schönheit irgendwo suchen.

»Es darf dich keiner sehen«, flüsterte er.
    »Warum?«
    »Sie schicken uns fort.«
    »Weshalb?«

»Frauen sind so.«
»Bin ich schon eine Frau?«
»Ich spreche doch nicht von dir«, sagte Jogona unwillig.
»Ich will nach Hause«, drängte Vivian.

Sie sehnte sich nach Dunkelheit und Kühle und hatte Verlangen nach ihrem Vater, doch Jogona griff nach ihrem Arm und zog sie hinter sich her wie ein Mann, der der Frau beibringen will, wer der Stärkere ist. Er schob sie ins hohe Gras, das den Kindern wegen der Schlangen verboten war, warf sich hin und drückte Vivian in die Knie.

»Schnell, leg dich auf den Bauch. Schau in die Hütte von Mama Warimu.«

Einen Moment lang fühlte sich Vivian wieder sicher. Vor langer Zeit hatte Jogona sie zu Mama Warimu geführt. Damals war ein Gewitter vom Himmel gekommen, und die Kinder hatten Schutz in der Hütte gefunden, aber die Erinnerung an die Stunde wurde fortgeschwemmt wie ein Baumstamm, der über einem Fluß liegt und als Brücke dienen soll, der aber dem Regen nicht widerstanden hat.

Viele Frauen, alte und junge, standen in der Hütte, aus der dunstiger Qualm vom offenen Feuer drang. Die Flammen erstickten im Rauch. Mama Warimus Stimme war wie die eines Tieres, das sterben will. Vivian hatte nicht gewußt, daß Menschen wie Tiere stöhnen können, aber Jogona hielt ihr die Hand vor den Mund, und sie konnte ihn nicht danach fragen. Da sah sie Mama Warimu. Sie lag auf einem Sack aus grob gewebter Jute und hatte die Beine so eng an sich gepreßt, daß die Knie ihren dicken Bauch berührten. Einen Augenblick war alles still, aber dann schrie Mama Warimu wieder. Sie versuchte, sich aufzurichten, fiel aber zurück und wimmerte leise wie ein Hund, der in der

Trockenheit geboren wurde und sich vor dem ersten großen Regen fürchtete.

Ein Kind jammerte kurz und wurde vor die Hütte gestoßen. Es fiel zu Boden und blieb bewegungslos liegen. Vivian hörte Jogona keuchen, und um sie verfärbte sich die Welt. Alles wurde grell und rot, und das Wort Blut hämmerte in ihren Schläfen, bis sie glaubte, ihr Kopf würde zerspringen. Jetzt begriff sie, was Jogona ihr hatte zeigen wollen. Sie fühlte einen stechenden Schmerz in ihrem Körper und dachte, sie hätte geschrien, aber dann erkannte sie, daß es Mama Warimu war, die da schrie. Nur einen Moment lang. Dann war alles still.

Die Frauen standen wie große Vögel um Mama Warimu. Ein Mädchen mit sehr heller brauner Haut und nackten Brüsten trat vor die Hütte. Es schüttete Wasser aus einer großen, ausgehöhlten Kürbisfrucht und nahm sich gar nicht die Zeit zu sehen, wie die Erde in gierigen Zügen trank, sondern ging zu den Frauen zurück.

Langsam wurde Vivian bewußt, daß die Angst aus ihren Muskeln und Knochen geflohen war. Sie war traurig, aber sie wußte nicht weshalb, und doch war sie auch stolz. Wie sie neben Jogona lag, wußte sie, daß sie ein Geheimnis erfahren hatte, das aus Mädchen Frauen macht. Sie schloß die Augen. Jogonas Hand lag in ihrer. Sie fühlte den Druck seiner Finger und genoß die Wärme, die den heißen Tag zum Glühen brachte. Da zerschnitt ein hoher Ton die Stille.
»Das Kind weint«, sagte Vivian.
»Ich hab' nichts gehört«, widersprach Jogona.
»Männer hören das nicht sofort«, erklärte Vivian.

Das Leben kam zurück in die Frauen, die um Mama Warimu standen. Ihr Lachen war sanft wie der Gesang der Vögel, ehe der Tag anbricht. Mit diesem Lachen kehrten die vertrauten Geräusche auf die Farm zurück. Die Schambaboys sangen auf den Feldern, der Hund Simba bellte, und im Wald lärmten die grünen Meerkatzen und die Paviane.

»Komm«, sagte Vivian. Sie wußte, daß es nun an ihr war, zu befehlen, stand auf und zog Jogona hinter sich her wie eine Mutter ihr Kind. Sie rannte zur Hütte, trat ein und drängte sich zwischen die Frauen. Achtlos stieß sie den blutbefleckten Sack zur Seite und kniete vor Mama Warimu. Das Kind hatte noch sehr helle Haut und rosa Fußsohlen wie ein Affe. Vivian sah, daß es ein Junge war und streichelte den ganzen Körper. Die feuchte, noch blutbefleckte Haut erschien ihr schöner als alles, was sie je gesehen hatte.

Aufmerksam betrachtete sie die Nabelschnur, die auf dem Sack lag, aber sie fürchtete sich nicht mehr vor Blut. Von allen beobachtet, griff Vivian nach der Hand des Kindes. Erst leise und dann laut zählte sie die Finger. Zunächst hatte sie Suaheli gesprochen, aber sie ging bald zur Kikuyusprache über, damit die Frauen sie auch verstehen konnten. Die lachten und klatschten und wollten immer wieder den Zauber der Zahlen hören. Als sie ihn begriffen, machten sie aus den Worten eine Melodie.

»Misuri«, sagte Vivian, und zum zweiten Mal an diesem Tag sprach sie von der Schönheit, die Jogona nicht kannte. »Misuri sana«, bekräftigte sie. Ein salziger Geschmack machte ihren Mund trocken, und sie fragte sich, wann sie wohl geweint hatte.

»Gehn wir«, befahl Jogona. Er verließ die Hütte mit den großen Schritten eines Mannes, der sich nicht um die Weiber kümmert. Zögernd folgte ihm Vivian. »Ich werde den Tag nicht vergessen, Jogona.«

»Warum?« fragte er träge, obwohl er die Antwort kannte.

Die Kinder liefen denselben Weg zurück, den sie gekommen waren, aber ihre Bewegungen waren nun ruhig und gleichmäßig. Der Tag hatte sie satt gemacht, und die langen Schatten der untergehenden Sonne tanzten wie die Nandikrieger, wenn sie sich an ihrer Beute freuten.

»Warum schaust du immer nach hinten?« fragte Jogona, als das Haus in Sicht kam.

»Ich wollte noch einmal die Hütte sehen.«

»Du wirst über deine Füße fallen.«

»Dann liegen wir wieder zusammen im Gras«, kicherte Vivian. Sie wunderte sich nicht, daß Jogona nicht mitlachte.

»Dein Vater wartet schon«, sagte er, obgleich er gar nicht in die Richtung des Hauses geblickt hatte.

Der Bwana stand an der wuchernden Hecke mit den lila Kletterblumen und dunkelgrünen Blättern. Neben ihm stand eine junge Frau. Ihr Rock flatterte im Wind, und sie hatte Haare wie frisch geschälte Maiskolben. Da erst erinnerte sich Vivian an den Besuch, und daß sie sehr lange fort gewesen war. Sie drehte sich nach Jogona um, aber er war verschwunden. Verlegen ging Vivian auf ihren Vater zu.

»Wo bist du gewesen?«

»Nirgends.«

»Das ist unser Gast«, sagte der Vater und erinnerte

Vivian an einen Hahn, der eine Henne verfolgt, »sie heißt Hanna und wird dir gefallen.«

Es fiel Vivian auf, daß ihr Vater die gleichen Worte gebrauchte wie am Morgen, und sie lächelte ihm dankbar zu, weil er endlich das Spiel der Wiederholungen lernte.

»Gefällt sie dir?« fragte Vivian, aber da merkte sie, daß ihr Vater doch nichts begriffen hatte.

»Sehen Sie, Hanna«, sagte der Vater und krähte noch immer ein bißchen wie ein Hahn, »ich hab' nicht übertrieben. Meine Tochter ist eine Wilde.«

»Aber nein«, lachte die Frau, »ich finde sie entzückend. Komm, Vivian, ich freue mich, dich kennenzulernen.«

Die Stimme und die Frau gefielen Vivian. Sie war gerade dabei, nach der ausgestreckten Hand zu greifen, als ihr Jogona einfiel. »Du schläfst auf den Augen«, hatte er einmal gesagt, wobei er gemeint hatte, daß Vivian sich die Dinge nicht genau genug betrachtete.

»Wo ist de Bruin?« fragte sie, statt der Frau die Hand zu reichen.

»Er ist zurück auf seine Farm«, sagte der Vater.

Vivian tat, als sei der Bwana nicht da. Sie starrte die Frau an, bis sie glaubte, ihr würden die Augen aus dem Kopf platzen.

»Hat dich mein Vater gekauft?« fragte sie.

»Nein, ich bin nur Besuch«, lachte Hanna.

»Nur Besuch«, wiederholte Vivian, »Besuch haben wir gern.« Sie reichte Hanna die Hand. »Wir haben nämlich kein Geld für eine Frau.«

»Sehen Sie, Hanna«, sagte der Vater, »manchmal ist sie auch noch ein Baby.«

»Ja«, bestätigte Vivian und biß sich auf die Zunge, damit sie nicht lachen mußte, »ja, Bwana, ich bin ein ganz kleines Baby.«

VI.

»Wenn der Bwana kommt«, drängte Vivian und bemühte sich, ihren Eifer nicht zu sehr zu zeigen, »dann fragst du ihn nach der Memsahib.« Sie sah den alten Hirten Choroni an und ließ ihn lange in ihre Augen blicken, damit er merkte, wie wichtig ihr die Sache war. Choroni wußte es auch so.

Die Memsahib war Hanna. Alle weißen Frauen wurden Memsahib gerufen, aber Hanna hatte schon am zweiten Tag auf der Farm ihren Spitznamen erhalten. Das war vor sechs Monaten. Damals hatte Jogona es Vivian erzählt. »Sie heißt Memsahib Tingatinga.«

»Tingatinga« war das Wort für Maschine, und selbst die kleinen Kinder und vielleicht auch die Hunde merkten, um welche Art von Maschine es sich bei Hanna handelte. Die Frau war eine Redemaschine. Sie ließ ihren Mund so schnell arbeiten wie eine Maschine, die einen Pflug zu ziehen hat. Niemand außer dem Bwana fand das gut.
 Manchmal, wenn Vivian Hanna sah, sang sie leise »Tingatinga« vor sich hin. Hanna konnte viel zu wenig Suaheli, um das zu verstehen. Außerdem hatte sie den Mund zu voller Worte, um richtig nachdenken zu können. Und Vivian fand, ihr Vater hatte die Ohren zu voll, um mit ihr so zu reden wie an den Tagen, ehe Hanna auf die Farm gekommen war.

»Du bist eifersüchtig mein Kind«, hatte Hanna am Tag zuvor zu ihr gesagt.

»Was heißt das?« wollte Vivian wissen.

»Das erzähl ich dir, wenn du älter bist«, lachte Hanna.

»Tingatinga«, sang Vivian eine Spur zu laut.

»Was heißt das?«

»Das erzähl ich dir, wenn du älter bist.«

»Es muß etwas geschehen«, sagte Hanna.

Vivian wunderte sich, daß Hanna genau das ausgesprochen hatte, was sie selbst dachte. Sie grübelte noch darüber, als sie im Stall stand und Choronis Haut roch. Er roch so gut nach Kühen, aber Vivian ließ sich keine Zeit, den Geruch wie sonst zu genießen.

»Choroni«, drängte sie, »du fragst ihn doch . . .«

»Warum fragst du ihn nicht?«

»Ich habe Angst«, erklärte Vivian. Sie liebte Choroni, weil er der einzige Mensch war, mit dem man über Angst sprechen konnte, ohne daß er lachte wie Jogona oder traurig aussah wie der Vater.

Als der Vater den Stall betrat, stellte sich Vivian hinter die große Kuh. Sie hielt deren Schwanz vors Gesicht, wie ein kleines Kind, das nicht gesehen werden will.

Choroni ließ den weißen, warmen Strahl der Milch durch seine Finger gleiten und in den Blecheimer tropfen. Er summte dabei das alte Lied vom Mann, der seine Ziege sucht, und er beobachtete den Bwana aus fast geschlossenen Augen. Die Zeit war gekommen.

Seitdem die Memsahib, die so viel redete, auf der Farm war, lachte der Bwana nicht mehr so wie früher mit Choroni. Das verwunderte den alten Hirten nicht. Choroni hatte mehr Regenzeiten erlebt als irgendwer sonst auf der Farm, und er kannte die Menschen. Ein Mann hatte kein Ohr mehr für die Scherze eines anderen Mannes, sobald er sich eine Frau nahm. Jedenfalls nicht in der ersten Zeit, und Choroni war alt. Er wußte nicht, ob er noch die Tage erleben würde, wenn der Bwana wieder Ohren für ihn hatte.

Er hörte Vivian hinter der Kuh atmen. Choroni tat es gut zu wissen, daß das Kind vom Bwana so wie er dachte. Es kam nicht oft vor, daß die Kinder der Weißen wie die Schwarzen dachten. Er sah nur die Kuh, nicht den Bwana an, als er die Frage stellte: »Bwana, hast du Ziegen?«

»Warum«, erwiderte der Bwana verblüfft, »soll ich Ziegen haben? Ich hab' doch dich, mein Freund.«

Die Worte machten den Tag süß. Choroni wäre zufrieden gewesen, sie immer wieder zu kosten. Er hätte sie in sich hochgewürgt wie die Kuh das Gras, aber dem Bwana war nicht zu trauen. Er verstand sich nicht auf Gespräche. Er wußte nicht, daß die Worte immer wieder neu gesagt werden mußten. Es war traurig, daß gerade der Bwana, den Choroni mehr liebte als je einen Bwana zuvor, das Gedächtnis eines Affen hatte.

»Du hast also keine Ziegen«, stellte Choroni fest.

»Was ist eigentlich mit dir los, Choroni?«

»Mit mir nichts, aber mit dir.«

»Warum?«

»Du hast dir eine Frau genommen und nichts dafür gegeben.«

Der Bwana sah Choroni aufmerksam an, und Choroni sah durch die Kuh hindurch Vivian an. Ihr Atem ging wie der eines Geparden, der auf der Jagd ist.

»Bwana, nur eine schlechte Frau kostet nichts«, fuhr Choroni fort.

»Und eine gute?«

»Für die gibt man Ziegen. Und wenn sie wegläuft, dann bekommt man die Ziegen zurück.«

»Von wem?« fragte der Bwana wie ein Kind, das nicht weiß, daß die Sonne am Himmel sitzt.

»Vom Vater der Frau bekommt man die Ziegen zurück, wenn die Frau wegläuft.«

»Das hätte ich früher wissen müssen.«

»Was, Bwana?«

»Das mit den Ziegen.«

Choroni seufzte. Ihm war, als hätte er einen Stein verschluckt. Er wollte von Frauen reden, und der Bwana sprach von Ziegen. »Alle«, bohrte er weiter und ließ sich die letzte Milch aus dem Euter in den Mund fließen, »sagen, daß du die Frau gekauft hast.«

»Glaubst du, was alle sagen?«

»Ich weiß es nicht«, sagte Choroni, »ich weiß es nicht.«

»Dann will ich dir was sagen. Ich hab' sie nicht gekauft.«

»Und du wirst sie nicht kaufen?«

»Das weiß ich nun wieder nicht.«

»Kauf dir«, sagte Choroni weiter, »keine Frau, wenn du es nicht weißt.« Er beobachtete, wie Vivian aus dem Stall ging.

»Warum denn, Choroni?«

»Eine schlechte Frau ist nichts für dich.«

»Du weißt doch nicht, ob sie schlecht ist.«

»Doch, Bwana«, seufzte Choroni, »du hast keine Ziegen, und wenn du keine Ziegen hast, kannst du keine Frau kaufen. Und eine Frau, die nichts kostet, ist schlecht.«

»Du bist ein guter Mann, Choroni«, sagte der Bwana und sang: »Ich hatt' einen Kameraden.«

Choroni fühlte, wie seine alten Knochen leicht wurden, und dann lachte er. Aber er lachte so, daß es der Bwana nicht merkte. Ganz tief in seinem Bauch lachte er, während der Bwana noch immer sang.

Vivian saß mit Jogona unter der Dornakazie vor der Küche. Sie konnte Hanna sehen, aber Hanna konnte sie nicht sehen, und das war ein schönes Gefühl, das stark machte. Hanna buk Brot. Vivian hörte, wie sie den Teig auf dem Tisch knetete, und sie wußte, daß ihr Vater bald in die Küche kommen würde, um Hanna dabei zu beobachten. Er wurde es nie leid, der fremden Frau beim Brotbakken zuzusehen.

»Dann sieht er wieder aus wie ein Hahn, der auf die Henne steigt«, sagte Vivian.

»So sieht er immer aus, wenn die Memsahib Brot macht«, verstand Jogona.

»Aber er will sie nicht kaufen. Ich hab's gehört, wie er's Choroni erzählt hat«, sagte Vivian glücklich.

»Eines Tages werden wir heiraten«, hörte Vivian ihren Vater in der Küche sagen, und sie überlegte sich, ob er wohl bald wie ein Hahn krähen würde.

»Wenn Vivian es erlaubt!«

»Wie kommst du denn darauf?«

»Manchmal glaub' ich, sie mag mich nicht.«

»Sie hat dich doch gern. Du hast ihr Lesen und Schreiben beigebracht, und du siehst doch selbst, was sie für eine eifrige Schülerin ist.«

Vivian schüttelte den Kopf und preßte die Zähne fest zusammen. Sonst hätte sie wie eine Hyäne lachen müssen. Was hatte Lesen mit Gernhaben zu tun? Sie las gern, und sie schrieb gern, aber deswegen mußte sie doch Hanna nicht gern haben. Sie wollte es gerade Jogona erzählen, was Hanna gesagt hatte und wie seltsam der Bwana sich benahm, aber Jogona ließ sie nicht zu Wort kommen. Er bohrte im Nabel und hörte Musik.

Das Beste an der fremden Frau, die so viel redete, war die Maschine, die wirklich reden konnte. Mit Hannas Radio saßen Vivian und Jogona stundenlang unter dem Dornenbaum in der Nähe vom Küchengebäude. Sie wiegten ihre Körper zum Rhythmus der Musik und berauschten sich an Worten, die sie nicht verstanden. Wenn Jogona den fremden Klang aus der Dunkelheit hörte, war er so ergriffen, daß sich seine Augen manchmal mit Tränen füllten. Weil er aber nicht mehr geweint hatte, seitdem er nicht mehr an der Brust der Mutter saugte, kannte er keine Tränen und bemerkte sie nicht, wenn sie ihm ins Auge schossen.

Es war ein schöner Tag.
»Septembertage sind immer schön«, sagte der Bwana und dachte an Deutschland.
Kamau sang das Lied vom Mann, der Urlaub in Kilindi machen wollte. »Mimi na taka ruksa, Bwana«, schmetterte er, und der Bwana tat ihm den Gefallen, mitzuspielen.
»Warum willst du Urlaub machen?«
»Bwana, ich singe doch nur«, sagte Kamau und bemühte sich, gekränkt auszusehen.
Der Bwana merkte es nicht. Seine Gedanken waren weit fort. An einem Septembertag hatte er einmal eine Fahrt auf dem Rhein gemacht. Er stellte sich Kamau als Kapitän auf einem weißen Rheinschiff vor und mußte lachen.
»Warum lachst du?« fragte Hanna.
»Weil ich Vivian das Lied von der Loreley beibringen will. Ich weiß nicht, was soll es bedeuten«, summte er.
»Ich auch nicht«, antwortete Hanna.

Sie sah Vivian und Jogona in die Küche kommen.
»Wo kommt ihr denn her?« fragte sie.
»Wir haben Radio gehört.«
»Hätt' ich mir denken können«, erwiderte Hanna, weil sie ja immer auf alles eine Antwort suchte.
»Jogona hat ein neues Wort gelernt«, sagte Vivian.
Jogona hörte seinen Namen und bewegte seine Zunge wie ein Chamäleon, das eine Fliege gesehen hat.
»Sag es schon«, gluckste Vivian, »du kannst doch das Wort so gut sagen, Jogona.«
»Polen«, sagte er.
»Polen«, johlte Vivian.

Ihr Vater begriff sofort. Es war das Wort, auf das er seit Tagen gewartet hatte, aber als er Hannas Hände im Brotteig sah und die Kinder so friedlich dastanden, wollte er nicht an das Wort glauben. Er sah einen Moment zu den Zebras am Horizont, und das Bild war so schön, daß seine Angst zu schwinden begann.
»Vivian«, fragte er, »was haben sie über Polen gesagt?«
»Polen«, kreischte Jogona, erfreut, das schöne neue Wort aus dem Mund des Bwana zu hören.
»Vivian, versuch dich zu erinnern. Sag, was du gehört hast. Du siehst doch, daß es deinem Vater wichtig ist«, sagte Hanna.
Vivian sah sie gekränkt an. »Ich brauch' mich nicht zu erinnern.«
»Du bist alt genug zu behalten, was du gehört hast.«
»Aber ich hab' es doch behalten«, sagte Vivian ruhig, »ganz genau hab' ich's behalten.«

Wieder einmal stellte sie fest, daß ihr Vater nicht Warten gelernt hatte. Sie hätte gern das Gespräch noch ein wenig hinausgezögert, um den schönen Tag noch schöner zu machen, aber der Bwana war weiß im Gesicht. So hatte er ausgesehen, als die Kuh gestorben war. Die Erinnerung daran machte Vivian traurig. Ihr Vater tat ihr leid. Mitleid war ihr noch ein fremdes Gefühl. Es ließ das Herz wie einen Vogel flattern, der schon in den Krallen der Katze ist.

Vivian war froh, daß sie ihrem Vater die Angst nehmen konnte. »Es ist nicht wie damals bei der Kuh«, sagte sie langsam, »nein, so etwas haben sie nicht im Radio gesagt.«

»Was haben sie dann gesagt?«

»Sie haben gesagt, die deutschen Truppen haben die Grenze nach Polen überschritten«, erinnerte sich Vivian.

»Das ist Krieg«, sagte der Bwana.

»Krieg«, wiederholte Jogona stolz, und wunderte sich, daß ihm auch dieses zweite fremde Wort so gut gelungen war.

VII.

Vivian beobachtete, wie ihr Vater an den Knöpfen des Radios drehte, und er tat ihr leid. Er sah immer so hungrig wie ein Schakal aus, der seit Tagen nicht gefressen hat, wenn er die Nachrichtensendungen suchte. Um ihm eine Freude zu machen, sagte sie: »Ich werde den Tag nicht vergessen, als der Krieg kam.«

»Das ist richtig. Den Tag werden wir alle nicht so schnell vergessen.«

Der Rasen vor dem Haus verschwand unter dem Wasser und sah aus wie ein See. Vivian vergaß, daß sie ihrem Vater eine Freude machen wollte, und sagte: »Am Tag als der Krieg kam, kam nämlich der große Regen.«

Sie war nicht erstaunt, als ihr Vater nur »Ach so« sagte. Er sah noch immer nicht die Wichtigkeit der Dinge und hielt den Krieg, den man nicht sehen konnte, für wichtiger als den großen Regen, der auf der Haut zu spüren war und die ganze Farm verwandelt hatte. Sie verschluckte einen Seufzer und ging Jogona suchen.

An den meisten Tagen regnete es bis in die Mittagsstunden. Dann erst kam die Sonne und brachte die Erde zum Dampfen. Sie war wieder rot und fest geworden. Das Wasser war in den Fluß zurückgekehrt, und die Körper der Menschen rochen nicht mehr schwer wie faules Fleisch, sondern frisch wie der Flachs auf den Feldern. Am meisten liebte es Vivian, am Fell der Hunde zu schnuppern.

»Es gibt nichts Besseres als nassen Hund«, erklärte sie. Sie wunderte sich, daß Jogona ihr nicht widersprach, aber als er zu lange schwieg, fuhr sie mit ihren Betrachtungen über den großen Regen fort. »Er singt Lieder«, erklärte sie.

»Er trommelt auf dem Wassertank vor dem Haus«, verbesserte Jogona.

»Ich kann verstehen, was er sagt.«

»Ich auch«, stimmte ihr Jogona zu.

»Die Memsahib mag den großen Regen nicht«, erklärte Vivian. Sie wunderte sich nicht, wieso ihr Hanna einfiel. Immer wenn sie sich gut fühlte und den großen Regen genießen wollte, fiel ihr Hanna ein. Dann stieg Zorn in ihr hoch, den sie sich nicht erklären konnte und der ihr in der Kehle brannte, als hätte sie die Pfefferbeeren vom Baum zerbissen.

Es war Zeit, daß Hanna von der Farm ging. Es war nicht so, daß Vivian sie nicht mochte, und sie hatte ihr ja auch Lesen und Schreiben beigebracht. Aber Hanna hatte

Vivian auch das Ohr ihres Vaters gestohlen. Das wußten alle auf der Farm.

»Die Memsahib mag den großen Regen nicht«, wiederholte Vivian.

»Sie mag Ol'Joro Orok nicht«, erläuterte Jogona und biß sich auf die Zunge. Nun würde Vivian von dem Tag sprechen wollen, als er nicht gewußt hatte, daß es etwas Größeres als Ol'Joro Orok gab, aber Vivians Gedanken waren zu sehr von Hanna erfüllt, um auf diesen Tag einzugehen.

»Sie hat«, sagte sie, »keine Augen für den Regen.«
»Sie hat nur Augen für deinen Vater.«
»Woher weißt du?« Vivian wühlte mit den Füßen im Schlamm.
»Ich weiß es«, erklärte Jogona.

Vivian sah zum Küchengebäude hin. Hanna buk jetzt dort das Brot, und Vivian konnte sich ihr Gesicht genau vorstellen. Es war mürrisch geworden, seitdem Hanna nicht mehr lachte und immer nur von den Menschen sprach, die nichts vom großen Regen wußten.

Vom Tag an, als der große Regen einsetzte, wurde das Brot nicht mehr gut. Das Holz war zu feucht, um das Feuer im Ofen am Leben zu halten, und der Teig klebte so schwer an Hannas Händen, daß Kamau ihn mit einem Messer abkratzen mußte. Es war merkwürdig, daß Hanna sich immer wieder über das Brot ärgerte. Jogona begriff es vor Vivian. Sie ärgerte sich gar nicht über das Brot, sondern über den Regen.

»Eine Frau, die so viel redet, versteht nicht, was Regen ist«, erklärte Jogona.

»Du hast recht«, bestätigte Vivian. Jogonas Worte

gefielen ihr. Es war auch schön, Hanna mit Kamau in der Küche beim Streiten zuzuhören. Sie sprach so laut, daß die Worte bis zum Wassertank flogen.

»Warum hast du kein trockenes Holz gebracht?« fragte sie gerade.

»Weil der Regen auch in den Wald kommt, Memsahib«, erklärte Kamau, und Vivian wußte, daß er lachte, obgleich sie ihn nicht sehen konnte. »Wußtest du das nicht?«

»Nein, das wußte ich nicht.« Hannas Stimme war scharf wie ein gewetztes Messer.

»Dann weißt du es jetzt«, erklärte Kamau sanft.

Vivian ließ Jogona allein am Wassertank zurück und ging in die Küche. Sie bohrte einen schmutzigen Finger in den Brotteig und fragte: »Magst du den Regen nicht?«

»Ich kann ihn nicht ausstehen, deinen großen Regen.«

»Warum sprichst du von meinem Regen? Der gehört uns allen.«

»Du hast immer vom großen Regen gequasselt. Als ob er die Herrlichkeit auf Erden wäre.«

»Es ist nicht mein großer Regen«, machte Vivian klar und überlegte, daß sie eigentlich gar nicht böse auf Hanna sein sollte. Hanna war dumm. Wer so über den großen Regen sprach wie Hanna, der merkte vielleicht gar nicht, daß er einem Kind das Ohr seines Vaters gestohlen hatte.

»Den Regen schickt der Gott Mungo«, sagte Vivian.

»Der Teufel schickt ihn«, erwiderte Hanna müde.

Das hätte sie nicht sagen sollen, denn es war eine Sünde, so vom Gott Mungo zu sprechen und würde Unglück über alle bringen. Wenn Gott Mungo zürnte, dann starben die Ernte, das Vieh und die Menschen. Hanna mußte fort, und Vivian wußte, daß ihr Vater das nie verstehen würde. Sie mußte ihm helfen, und es war gut, wenn er ihre Hilfe nicht merkte. Sie wollte keinen Dank; sie wollte nur die Farm retten.

Seitdem der große Regen eingesetzt hatte, war Ol'Joro Orok von der Welt abgeschnitten. Die Eisenbahn kam nicht mehr, weil der Schlamm die Gleise weggeschwemmt hatte. Noch nicht einmal sechzehn Ochsen konnten de Bruins Wagen den Berg zur Farm heraufziehen. Er kam nur noch selten, und wenn, dann saß er auf dem Pferd. Manchmal erzählte das Radio nicht vom Krieg, sondern von Orten, an denen der große Regen noch heftiger war als in Ol'Joro Orok. Vivian war traurig, daß sie mit ihrem Vater so gar nicht darüber sprechen konnte.

»Gehn wir zu den Hütten«, sagte Jogona, der lautlos in die Küche gekommen war und Hanna fixierte.
»Geht nur«, meinte Hanna, »Brot gibt es heute sowieso nicht.«
»Dann essen wir eben Poscho«, sagte Vivian gutgelaunt.
»Dann essen wir eben Poscho«, äffte Hanna ihr nach, aber sie wiederholte ihre Worte wie eine Weiße. Sie ließ sie nicht mit Genuß auf der Zunge zergehen, sondern böse klingen.

Vor dem großen Regen war der Pfad zu den Hütten hart und trocken gewesen. Jetzt wirkte er wie ein kleiner Fluß, und die Füße versanken beim Laufen im warmen Wasser. Die Grasdächer der Hütten glänzten. Es war ein guter Tag, der die Erde gesund machte und den Tieren Nahrung brachte.
Niemand arbeitete auf den Feldern. Die blasse Erde mußte erst trocknen, ehe sie umgegraben werden konnte,

und das würde nicht vor der Mittagsstunde sein. Vivian würde eine der Geschichten erzählen, die in den Büchern standen. Das war der Grund, weshalb Jogona überhaupt zu den Hütten wollte. Alle würden Vivian bewundern, und man würde ihn bewundern, weil er ihr Freund war. Es war gut, daß er ihr die Kunst des Erzählens beigebracht hatte. Von ihm hatte Vivian gelernt, die langen Pausen an die richtigen Stellen zu setzen und mit einem Gesicht zu erzählen, das keine Bewegung verriet.

»Kannst du jetzt alle Bücher immer wieder lesen?« fragte er.

»Ich kann alle Bücher immer wieder lesen«, bestätigte Vivian.

»Warum hat dein Vater gelacht, als er zu den Hütten kam und hörte, was du uns erzählt hast?«

Vivian seufzte. Manche Dinge konnte sie nicht mit Jogona teilen, und diese Geschichte, die sie ihm gern erzählt hätte, war so eine. Sie pflegte nämlich die Geschichten aus den Büchern für Weiße für die Männer von Ol'Joro Orok abzuwandeln. Adam aß nicht den verbotenen Apfel. In Ol'Joro Orok gab es keine Äpfel, und so biß er in eine Ananas hinein, als er aus dem Paradies gerade zur Zeit des großen Regens vertrieben wurde. In der langen biblischen Dürre, die man in Ol' Joro Orok sehr gut nachempfinden konnte, starben nicht nur Kühe, sondern Zebras, Hyänen und selbst Löwen. Eine Löwin war es auch, die Romulus und Remus nährte. Von einem Wolf wußte niemand in Ol' Joro Orok. Und Hannibal zog nicht mit Elefanten über die Berge, sondern mit Bullen. Jeder in Ol'Joro Orok wußte, daß Elefanten nicht zu einer Arbeit zu bekommen waren.

»Es ist gut«, sagte Vivian und dachte wieder an Hanna, »daß die Memsahib mir das Lesen beigebracht hat.«

»Heute«, erwiderte Jogona, wobei er unbeteiligt zu den Wolken am Himmel sah, »heute wird eine Ziege geschlachtet.«

»Bekomme ich dann ein Stück vom Herzen?«

»Du mußt meinen Vater Kimani fragen. Ihm gehört die Ziege.«

»Kimani wird mir ein Stück vom Herzen geben.«

Man legte ein Stück vom Herzen einer frisch geschlachteten Ziege unter eine Frau, die man aus dem Haus treiben wollte.

»Die Memsahib wird bald fort sein«, sagte Jogona.

»Ich weiß nicht, ob ich das Herz heute schon unter sie legen kann«, antwortete Vivian und hätte gern mit Jogona darüber gesprochen, daß es nicht so leicht war, ein blutiges Stück Fleisch unter Hannas Bettlaken zu legen, ohne daß sie es merkte. Jogona aber würde nicht verstehen. Manche Dinge konnte er nicht begreifen.

»Sie schläft mit deinem Vater«, sagte er.

»Was heißt das?«

»Das weißt du nicht?« spottete Jogona.

»Natürlich«, antwortete Vivian verärgert, »wenn sie schläft, dann schläft sie.«

»Wenn sie mit deinem Vater schläft«, fuhr Jogona fort, als hätte er Vivians Antwort überhaupt nicht gehört, »dann wird sie bald ein Kind bekommen. Dann hilft das Herz einer Ziege nicht mehr.«

Vivian fühlte Eifersucht in sich hochsteigen, und ihr wurde übel. Die heiße Welle ihrer Wut machte sie krank. Ihre Haut brannte noch, als sie vor den Hütten am Feuer saß. Das Blut der geschlachteten Ziege war in die trockene

Erde gedrungen. Allmählich gelang es Vivian, den Zorn zu verschlucken, obgleich er wie ein Stein auf ihr Herz drückte.

Den Männern vor den Hütten erzählte Vivian ihre Geschichten so gut wie nie zuvor. Sie wußte, daß sie das Herz der Ziege nur bekommen würde, wenn die Leute zufrieden mit ihren Märchen waren. Sie erzählte von Moses, der den großen Regen aus einem Stein gehauen hatte. Als sie vom Brot berichtete, das vom Himmel gefallen war, hatte die Wut in ihrem Körper schon so weit nachgelassen, daß sie wieder ohne Schmerzen atmen konnte. Als sie vom Land erzählte, in dem Milch aus den Bäumen tropfte und Honig aus der Erde kam, hatte sie Hanna fast vergessen. Aber ein einziger Blick in Jogonas Gesicht brachte die Erinnerung zurück, und sie wußte, daß sie nicht so schnell wieder Gelegenheit haben würde, an das Herz einer Ziege zu kommen.

»Kann ich«, sagte Vivian, und ihr Ton war dabei ohne Erregung, »kann ich ein Stück vom Herzen der Ziege haben?«

»Sie weiß, was sie will«, lachte einer der Männer.

»Sie kennt sich aus, obgleich sie nur ein Kind ist«, meinte ein zweiter.

»Sie ist klug«, hörte Vivian einen dritten sagen, aber sie tat, als hätte sie nichts gehört.

Jogonas Vater Kimani sagte nur: »Es ist gut.« Er nahm das Herz der Ziege in die Hand und schaukelte es mit fast zärtlichen Bewegungen, schnitt ein Stück ab und gab Vivian das Stück Fleisch. Das Blut war warm in ihrer Hand. Sie dachte daran, daß Kimanis Vater ein Medizinmann war und schauderte. »Ich danke dir, Kimani«, sagte sie, aber Kimani tat, als wußte er nicht, wovon sie redete. Vivian fand das richtig.

Sie lief allein den Weg zurück. Einmal stolperte sie über eine Wurzel, und da umklammerten ihre Finger das rohe Fleisch. Es tropfte kein Blut mehr aus der Schnittfläche. Das kleine Stück Herz, das nun wie ein schwarzer Stein aussah, lag kühl in ihrer Hand. Einmal glaubte Vivian, das Herz würde noch klopfen, aber natürlich stimmte das nicht. Es war nur ihr eigenes, das stark im Körper schlug und sie ängstigte.

Schon beim Betreten des Hauses, und, als Vivian ihren Vater und Hanna belauschte, merkte sie, welche Kraft von dem Ziegenherz ausging, das sie in der Hand hielt. Hanna war bereit zum Aufbruch.

»Ich kann nicht mehr«, sagte sie, »das mußt du verstehen. Ich habe nie auf einer Farm gelebt.«

»Ich auch nicht«, erklärte Vivians Vater.

»Aber du mußt. Ich habe noch Freunde in der Stadt. Da werde ich hingehen.«

»Es hätte schön werden können, Hanna.«

Ihr Vater sah so traurig aus, als er diesen Satz sagte, daß Vivian wütend wurde. Hanna hatte ihn krank gemacht. Sie konnte es nicht leiden, wenn er ohne Jacke in die Nacht hinausging und tat so, als ängstigte sie sich um ihn, aber sie hatte ihn trotzdem krank gemacht. Sie sagte gerade: »Auf die Dauer wäre es ohnehin nicht gut gegangen mit Vivian und mir. Sie mag mich nicht.«

»Sie liebt dich.«

Vivian fragte sich, woher ihr Vater manchmal seine Worte nahm. Die wuchsen nicht in seinem Kopf. Die kamen direkt aus seinem Mund.

»Wenn du etwas für sie tun willst«, hörte sie Hanna sagen, »dann schick' sie in die Schule.«

Dieser eine Satz gab Vivian Gewißheit. Hanna hatte nicht nur das Ohr ihres Vaters gestohlen. Sie wollte auch sein Herz stehlen. Vivian grübelte, ob Hanna böse oder dumm war, aber sie hielt sich nicht sehr lange mit dieser schwierigen Frage auf, die sie später mit Jogona klären wollte, sondern rannte wieder zum Haus heraus, lief herum und kletterte durch das Schlafzimmerfenster. Sie riß die Bettdecke zurück, starrte wie betäubt auf das weiße Laken, fuhr dann vorsichtig mit der Hand zwischen Laken und Matratze und legte das Stück vom Ziegenherz genau unter die Stelle, auf der Hanna schlief. Sorgsam und sehr langsam machte sie dann wieder das Bett und verließ das Schlafzimmer auf demselben Weg, auf dem sie gekommen war.

»Nanu, Vivian, wo kommst du denn her?« sagte der Vater.

»Von den Hütten«, erklärte Vivian.

»Was hab' ich dir gesagt?« fragte Hanna, »du darfst sie nicht so viel mit den Schwarzen allein lassen. Sie lernt dort Dinge, die sie in ihrem Alter nicht wissen sollte.«

Vivian überlegte, daß Hanna doch nicht ganz so dumm war, wie sie gedacht hatte.

»Vivian, Hanna wird uns verlassen.«

»Ach?« sagte Vivian, »wieso?«, und sie bemühte sich, keine Freude in ihre Augen zu lassen.

»Sie muß fort«, log der Vater.

Vivian ging an Hanna vorbei, setzte sich auf den Schoß ihres Vaters und streichelte sein Haar. »Dann sind wir ganz allein«, sagte sie und hätte gern wie Jogona gegrunzt, wenn er zufrieden war. Doch sie wollte ihrem

Vater einen Gefallen tun, so seufzte sie ein klein wenig, ehe sie erzählte: »Kimani hat heute eine Ziege geschlachtet.«

VIII.

Vivian sah Hanna nicht wieder.

»Die Memsahib ist fort«, sagte Kamau am nächsten Morgen.

»Ich weiß«, erwiderte Vivian. Sie hätte gern gefragt, wie Hanna trotz des Schlamms auf der Straße von der Farm gekommen war, aber es war besser, Fragen herunterzuschlucken, wenn man die Dinge vergessen wollte.

»Dein Stück vom Herz«, erklärte Kamau und gab Vivian den kleinen Klumpen Fleisch, den er im Bett gefunden hatte. Seine Augen lachten gerade so viel, daß Vivian zurücklachen konnte, ohne einen Laut von sich zu geben. Sie würde das Herz nicht mehr brauchen. Es hatte eines jener großen Wunder vollbracht, die auf der Farm zu geschehen pflegten.

Es war der Tag, als Jogonas Bruder Manjala starb. Zwölf Jahre alt war Manjala, als dies geschah. Fast schon ein Mann, aber er sollte nie mehr ein Mann werden.

Das Kind war beim Holzfällen von einer brennenden Zeder getroffen worden. Der Baum hatte Manjala den linken Arm vom Körper gefetzt und ihn am Kopf verletzt. Das Unglück war am Nachmittag geschehen, aber es wurde Nacht, ehe Kimani, der Vater, vor dem Haus erschien. Schweigend stand er, nur in eine Decke gehüllt, in der Dunkelheit da und ließ den Bwana rufen.

»Manjala will sterben«, sagte er.

»Manjala?« fragte Vivian zurück. Sie war mit ihrem Vater zu Kimani gekommen. Diesmal war die Wiederholung der Worte nicht Teil eines Spiels, sondern Verwunderung und Schmerz. »Manjala wollte doch gestern noch nicht sterben.«

»Gestern ist er auch nicht von einem brennenden Baum getroffen worden.«

»Ich gehe mit«, sagte Vivian zu ihrem Vater.

»Das ist nichts für dich, wenn ein Kind stirbt.«

»Es ist auch nichts für dich, Papa«, erklärte Vivian und wählte bewußt die Anrede, die ihrem Vater Trost geben sollte.

Manjalas Schreie waren längst verstummt. Er schien noch bei Bewußtsein, aber er konnte nicht mehr sprechen, und nur die Augen lebten noch im blutverkrusteten Gesicht.

Der Anblick dieser Augen voller Ergebung lähmten den Bwana noch mehr als die Gewißheit, daß Manjala verloren war. Er stand in der Hütte, roch das versengte Fleisch und wußte, daß der Hustensaft, den er da in der Hand hielt, Manjala nicht mehr helfen würde. Hustensaft war ein Allheilmittel auf der Farm. Er half vielen, aber er half nicht mehr, wenn der große Gott Mungo es anders wollte.

Vivian sah, daß ihr Vater weinte, und sie hörte ihre eigenen Tränen zischen, wenn sie auf die heiße Petroleumlampe fielen, die die schwarze Hütte in gelbes Licht tauchte. Manjalas Tod war anders als der Tod sonst auf der Farm. Typhus, Malaria und Schlafkrankheit kündigten sich an, aber Unglücksfälle kamen mit der Plötzlichkeit von Gewittern. Wie konnte man Manjala helfen, wie ihm mitteilen, daß man bei ihm war?

Hilflos griff Vivians Vater nach Kimanis Hand. Jogona

erschien am Eingang der Hütte, aber Kimani machte mit der anderen Hand eine Bewegung, um ihn fortzujagen, und Jogona ging wortlos in die Nacht zurück.

»Wenn du ihm nicht helfen kannst, Bwana, dann ist es Zeit«, sagte Kimani und löste die Hand des Bwanas aus seiner. Er beugte sich über den sterbenden Jungen, trug ihn vor die Hütte zum Akazienbaum mit der großen Dornenkrone und bettete ihn auf die Erde. Als sich Kimani aufrichtete, verrieten seine Bewegungen eher Bestimmtheit als Trauer.

Vivian sah, daß ihr Vater wie ein junger Baum schwankte, der noch nicht gelernt hat, sich dem Wind zu beugen, und sie nahm ihm die Petroleumlampe aus der Hand. Die Erde war weich unter den Füßen. Kein Laut drang aus den Hütten. Bald würden die Geier im Baum hocken. Die Zedern waren schwarz in der Dunkelheit.

»Komm, Bwana, wir müssen gehen.«

»Hier kann nur noch Gott helfen, Kimani.«

»Gott«, antwortete Kimani und staunte, daß der Bwana das nicht wußte, »hilft nicht, wenn einer sterben will.« Seine Stimme war ruhig. Sie klang, als fordere sie einen Mann zur Arbeit auf dem Felde auf.

»Aber dein Sohn ist noch ein Kind«, schluchzte der Bwana, »er will nicht sterben. Er will leben. Wie wir alle.« Es stimmte also, was Kimani immer wieder gehört hatte. Der Bwana hatte in dem Land, aus dem er kam, nicht gelernt, sich dem Willen des Gottes Mungo zu beugen. Er wußte nichts von Menschen und nichts von Tieren. Er wollte reden, wenn er zu schweigen hatte, und er hatte nicht gelernt, daß ein Mensch sich nicht zwischen Leben und Tod drängen durfte.

»Man muß gehen, solange der Körper noch warm ist«, drängte Kimani.

»Ja, das muß man«, sagte Vivian und hoffte, daß sich ihr Vater dieses eine Mal helfen lassen würde.

Es gab keinen Tod, wenn die Kranken rechtzeitig vor die Hütte getragen wurden. Sie durften ihren letzten Atemzug nicht in der Hütte der Lebenden tun. Die Hyänen kamen zu den Toten unter den Bäumen, aber sie holten nur den Körper. Der Rest war für Mungo, den großen Gott der mächtigen Entschlüsse.

Kimani fühlte eine bisher noch nie erlebte Fähigkeit, mit den Augen des Bwana zu sehen. Es stimmte nicht, daß die Weißen alles wußten. Der Bwana konnte schreiben und lesen, und er hatte viele Bücher in seinem Haus, doch er war nicht klüger als ein Kind, das nachts nach der Sonne und bei Tag nach dem Mond ruft.

»Wir müssen gehen, Bwana«, erinnerte Kimani.

»Nein, wir müssen warten, Kimani.«

»Auf was, Bwana?«

Keine Bitterkeit lag in Kimanis Frage. In dem Vater, der seinen Sohn verloren hatte, war weder Einsamkeit noch Auflehnung, sondern nur die Bereitschaft, den Willen des Gottes Mungo hinzunehmen.

»Kimani«, rief der Bwana, und er hörte sich schreien.

Plötzlich konnte er die würgende Übelkeit nicht mehr zurückhalten. Stöhnend erbrach er sich, ließ sich zu Boden fallen und lag einige Momente erschöpft auf der feuchten Erde. Beschämt merkte er, daß Vivian ihm beim Aufstehen half. Einen Moment lang, als er Kimani ansah, kam er sich vor, als sei er wieder ein Kind und sei aus einem Alptraum erwacht, und er fühlte sich besser und fast geborgen. Langsam stand er auf.

Vivian hielt die Lampe gesenkt, um ihrem Vater den Anblick von Manjalas Körper unter der Dornakazie zu ersparen. Es machte sie traurig, ihren Vater leiden zu sehen, aber sie begriff auch, daß es nie anders werden würde.

»Ich laufe mit dir zum Haus, Bwana«, sagte Kimani, »du kannst nicht allein gehen in der Nacht.«

»Und dein Sohn, Kimani?«

»Er ruft nicht nach mir.«

»Wir dürfen ihn nicht allein lassen«, begehrte der Bwana auf, »er ist ein Kind.«

»Nein«, widersprach Kimani, »wenn man sterben will, ist man kein Kind.«

Er nahm Vivian die Lampe aus der Hand und drehte die Flamme zurück, bis der Docht nur noch schwach glühte. Schweigend liefen Kimani, Vivian und der Bwana in die Nacht hinein. Kimani war der stärkste, und sie wußten es alle. Der Himmel war voller Sterne, die Luft so frisch wie ein eben aufgekommener Wind, und die mächtigen Bäume sahen im Mondlicht ein ganz klein wenig weiß aus. Dichter Tau lag auf dem hohen Gras, und in der Ferne zogen Gazellen, die den Tag erwarteten, zu einem neuen Trinkplatz.

Kimani seufzte, aber nur Vivian und nicht der Bwana verstand, daß es ein Seufzer der Zufriedenheit war. Mungos Wille war geschehen. Es war wieder Zeit für Worte zwischen Männern. Eine solche Nacht mit dem Bwana kam nicht wieder. Kimani machte eine Bewegung zu Vivian, und sie verstand, daß sie zu schweigen hatte, und ein klein wenig beneidete sie Jogona um seinen Vater, der so viel wußte, daß er nie würde weinen müssen.

»Ich hab' gehört, es ist Krieg, Bwana.«

»Ja«, antwortete Vivians Vater verwundert.

Noch nie hatte ein Schwarzer den Krieg erwähnt. Zwar

wurden sie auf Befehl der Regierung jeden Dienstag zur Nachrichtensendung in Suaheli zusammengerufen, aber sie begriffen nicht, was Krieg war, auch wenn viel davon geredet wurde. Die Farm schlug ihre eigenen Schlachten.

»Der Krieg ist nicht hier, Kimani.«
»Wo ist er, Bwana?«
»Er ist weit weg von uns.«
»Sehr weit weg?«

Kimani schickte seine Stimme zum Berg, und sie kam als Echo zurück. Vom Berg aus zogen die Männer vom Stamm der Nandi in ihre Kriege. Mit gespanntem Bogen und viel Sturm im Herzen.

»Der Krieg ist sehr weit fort, mein Freund. Bei meinem Vater ist Krieg.«
»Dein Vater ist doch kein Nandi, kein schwarzer Nandi.«
»Das weißt du doch, Kimani. Er wird bald sterben.«
»Dein Vater will sterben?«
»Er will nicht, Kimani, er muß.«

Noch immer hatte der Bwana nichts vom Sterben gelernt. Er hatte Manjala gehen sehen und doch nichts begriffen. Kimani schüttelte den Kopf.

»Du bist nicht da, wenn dein Vater stirbt?« fragte er.
»Nein, er ist allein.«
»Wo?«
»In Deutschland«, sagte der Bwana. Vivian, die hinter ihrem Vater herlief, wie Kimani es gewollt hatte, überlegte, daß dieses Wort ihren Vater immer traurig machte, und daß es ein böses Wort war.

»Wer wird deinen Vater vor die Hütte tragen?«
»Keiner, Kimani.«
»Das ist schlimm, Bwana.«

Kimani fiel auf, daß die Stimme des Bwanas so leise war wie die eines Hundes, der nach langer Jagd keine Kraft mehr hat. Er wußte nicht, wo dieses Land war, von dem der Bwana sprach, aber er hatte oft erlebt, daß Männer ohne die Hilfe ihrer Söhne sterben mußten. Es gab nichts Schlimmeres.

»Es ist schlecht, allein zu sterben«, sagte er, und nun war seine Stimme von einer Trauer erfüllt, die ihm nicht beim Tod des Sohnes gekommen war.

»Allein zu sterben«, wiederholte er, »ist schlecht. Wie sollen die Hyänen deinen Vater finden?«

»Die Hyänen werden ihn finden«, antwortete der Bwana und Vivian wußte, daß er wieder von Deutschland sprach.

Kimani brach das lange Schweigen erst, als sie alle drei vor dem Haus standen. Er mußte dem Bwana sagen, was er wußte, auch wenn der Bwana es nicht verstehen würde.

»Morenu ist zurück«, sagte er.

»Morenu?«

»Ja«, erklärte Kimani geduldig, »der mit dem Gewehr. Er lief fort, als dein Gewehr fortlief. Weißt du noch?«

»Was hat das alles zu bedeuten?«

»Ich wollte es dir nur sagen, Bwana«. Kimani betonte jedes Wort so sorgsam, als müsse er es erst ganz tief aus seinem Mund holen.

»Du siehst zu wenig«, fügte er noch hinzu. Er hatte dabei die Augen eines Mannes, der zu viel verraten hat. Das hatte er auch gemerkt, denn er machte sich ohne Abschied auf den langen Weg zurück zu seiner Hütte. Es war die Stunde, da die Hyänen zum letzten Heulen der Nacht ansetzten.

IX.

Der große Regen war so plötzlich verschwunden, wie er gekommen war. Das Holz der Zedern roch noch nach der Nässe, aber die Erde war wieder trocken, und schon begannen sich die Grasspitzen braun zu färben. Für die Männer, die sich Ehefrauen gekauft hatten, wurden neue Hütten gebaut. Es erklangen fröhliche Gesänge, wenn der mit viel Wasser angerührte Lehm und der grün glänzende Kuhmist zwischen die dürren Äste geworfen wurde, um die Rundung der Hütte zu bilden. Nie war die Farm schöner, das Leben lustiger als an den Tagen unmittelbar nach dem großen Regen, aber Vivians Augen waren voller Trauer, und die von Jogona waren fassungslos.

»Was heißt das? Du mußt in die Schule?« fragte er, und er bemühte sich noch nicht einmal, so auszusehen, als sei die Nachricht nicht neu und erregend.

»Alle Kinder müssen.«

»Wer sagt das?«

»Der Bwana«, antwortete Vivian.

Es stimmte. Ihr Vater hatte ihr immer wieder erklärt, daß die Zeit für sie gekommen war, in die Schule nach Nakuru zu gehen, hundert Meilen von der Farm entfernt und unter Kinder, die nur Englisch sprachen. Sie dachte aber nur daran, daß Hanna es war, die zuerst von der Schule gesprochen hatte, und daß sie nun von Hanna von der Farm vertrieben wurde. So wie sie einst Hanna vertrieben hatte.

»Sie hat gewonnen«, sagte sie laut.

»Wer?« fragte Jogona.

»Die Memsahib Tingatinga. Sie konnte die Worte nicht

halten, die in ihrem Kopf waren. Weißt du das nicht mehr?«

»Und du wirst fortgehen wie sie?«

»Ich werde wiederkommen.«

»Wer sagt das?«

»Mein Vater.«

»Weiß er denn das?« zweifelte Jogona.

»Er lügt nicht«, räumte Vivian ein. »Nein, er weiß vieles nicht, aber er lügt nicht. Ich werde wiederkommen, aber es wird lange dauern. Ich werde in der Schule schlafen und essen und eine neue Sprache lernen.«

»Du schläfst und ißt auch in Ol'Joro Orok.«

»Aber ich werde in der Schule lesen.«

»Liest du nicht auch hier?« fragte Jogona, und der alte Glanz kehrte in seine Augen zurück.

Vivian machte eine Bewegung zum Himmel. Ihr war es so undenkbar, die Farm verlassen zu müssen, daß sie nicht einmal mehr weinen konnte. »Tapfer« hatte es ihr Vater genannt, aber er hatte, wie üblich, alles mißverstanden. Drei Monate müßte sie in der Schule bleiben, hatte er gesagt. Das waren mehr als neunzig Tage. Wie sollte sie das sich selbst, wie Jogona klar machen? Er konnte nur bis zwanzig, nicht bis neunzig zählen.

»Wo ist die Schule?«

»In Nakuru«, seufzte Vivian, »morgen kommt der Bwana Mbusi mit seinem Auto und holt mich ab. Seine Kinder müssen auch in die Schule.«

»Müssen alle weißen Kinder in die Schule?«

»Alle«, sagte Vivian, »sie haben ein neues Gesetz eingeführt.«

Seit ein paar Wochen gab es in Kenia die allgemeine Schulpflicht für Weiße. Vivians Vater war glücklich, denn für Leute mit wenig Geld wurden die sehr hohen Schulgebühren gesenkt. Louis de Bruin war so wütend wie Vivian. Er wollte seine Kinder zu Hause haben. Sie sollten auf der Farm arbeiten und nicht lesen lernen. »Keiner aus meiner Familie hat je lesen können, und wir sind glücklich geworden«, hatte er am Vortag gesagt, und Vivian fand, daß ihr Vater keinen Grund hatte, darüber zu lachen.

Sie starrte zu den Hütten und wußte, daß es lange dauern würde, ehe sie wieder mit Jogona unter dem Dornenbaum sitzen und hören würde, wie Kimani an den Wassertank schlug.

»Es wird um so schöner werden, wenn du wieder da bist«, hatte der Vater gesagt, aber sie konnte diesen Satz nicht für Jogona wiederholen. Jogona verstand nichts von den Dingen, die in der Zukunft lagen.

Laut sagte sie: »Jogona, ich werde dir einen Brief schreiben.«

»Du willst mir einen Brief schreiben?« fragte Jogona, nahm einen Stein auf und warf ihn weit fort.

»Ja, ich werde ihn in der Schule schreiben. Dann bringt ihn der Zug nach Ol'Joro Orok, und mein Vater holt ihn dort ab und gibt ihn dir.«

Zum ersten Mal, seitdem Vivian Jogona kannte, sah sie ihn nach Worten suchen. Schwer war sein Atem in ihrem Ohr, als er sagte: »Mir hat noch niemand einen Brief geschrieben. Keiner in Ol'Joro Orok hat je einen Brief bekommen!«

»Du wirst einen Brief bekommen.«

Jogona sprang auf, zog Vivian an den Schultern hoch, und sie spürte seine Nägel auf ihrer Haut, aber es tat ihr nicht weh. »Versprich es«, sagte er, und bohrte seine Nägel noch fester in ihr Fleisch.

»Ich werde dir einen Brief schreiben.«

»Schluck Erde«, befahl Jogona, und beide dachten an den fernen Tag, als sie Erde geschluckt hatten und Freunde geworden waren.

Ohne ihn anzuschauen, nahm Vivian eine Handvoll roter Erde. Sie schluckte nicht mehr gierig wie damals, sondern kaute langsam, als käme es auf jede Bewegung in ihrem Mund an. Sie fühlte den Sand zwischen den Zähnen knirschen, und sie spürte trotz der Erregung, die auch sie befallen hatte, daß sie auf eine Ameise biß. Der säuerliche Geschmack brannte auf der Zunge.

»Du wirst einen Brief bekommen, Jogona.«

»Wann?«

»Wenn ich in der Schule bin.«

»Du sprichst von Tagen, die noch nicht da sind«, antwortete Jogona geringschätzig, und in seinem Blick lag die Verachtung, die sie sonst immer zum Schweigen gebracht hatte.

»Die Tage, die noch nicht da sind, werden kommen«, sagte sie. Plötzlich fühlte sie, wie die Trauer schwand und wie sich ein Lächeln zwischen die Zähne und hinaus auf ihr Gesicht drängen wollte, aber sie gab der Versuchung nicht nach. An diesem letzten Tag auf der Farm war Jogona ihr endlich in die Falle gegangen.

»Was willst du mit einem Brief?« fragte sie langsam, »du kannst doch gar nicht lesen.«

Jogona war noch immer überwältigt von dem, was Vivian gesagt hatte. »Ich will ihn gar nicht lesen«, sagte er leise, »verstehst du denn das nicht? Ich will ihn nur haben.« Seine Stimme wurde lauter, als Vivian ihm zunickte und er fortfuhr: »Der Brief wird mit dem Zug kommen, und der Bwana wird ihn mir geben. Alle werden es sehen. Zeig mal deinen Brief, Jogona, werden sie sagen.«

Seine Stimme überschlug sich und wurde so hoch, daß sie fast bis zu den Trommeln im Wald vordrang. »Ja, das werden sie sagen«, erklärte er, »und ich werde den Brief aus der Tasche ziehen. Ich werde ein richtiger Bwana sein mit einem Brief in der Tasche.«

»Und wann wirst du wissen, was im Brief steht, kluger Jogona?«

»Wenn du wiederkommst. Dann wirst du ihn mir vorlesen«, lachte Jogona, und seine Zähne leuchteten hell in der Mittagssonne.

»Du sprichst von Tagen, die noch nicht da sind«, lachte Vivian zurück.

Sie rannte vor Jogona her, ließ sich plötzlich zu Boden fallen und kicherte, als er über ihre Beine stolperte. Einen Moment lang lag sein Körper schwer auf ihr, aber ihr war ganz leicht zumute, denn die Trauer war von ihr abgefallen wie die alte Haut von einer Schlange. Sie wußte nun, daß sie sich auf den Tag zu freuen hatte, an dem sie Jogona ihren Brief vorlesen würde.

X.

Die Nakuru School bestand aus vielen niedrigen Bauten mit weiß gekalkten Mauern und Wellblechdächern. Die einzelnen Gebäude, die als Schlafsäle, Unterrichtsräume, Aula, Turnhalle und Bibliothek dienten, waren durch kleine steinige Pfade miteinander verbunden. Streng getrennt waren die Häuser für die Jungen von denen der Mädchen. Nur der Unterricht fand gemeinsam statt.

Die Schule stand auf einem steilen, kahlen Berg und

hatte so viele Tennis- und Hockeyplätze, daß jedem Besucher auf den ersten Blick klar wurde, wie viel Bedeutung dem Sport zukam. Erst dann fielen die schönen Pfefferbäume mit ihren herunterhängenden Ästen ins Auge und der blau schimmernde Nakuru-See in der Ferne. An den Ufern lagerten die rosafarbenen Flamingos und blieben ewige Verlockung für die freie, schöne Welt, die die Kinder hinter sich ließen, sobald sie durch das Schultor gingen.

Vivian war nicht unglücklich in der Schule. Die Tage verliefen nach so festgesetztem Rhythmus und genau festgelegten Regeln, daß sie eher erstaunt war als unglücklich. In den Tagesablauf, der sich nur sonntags änderte und dann ebenso geregelt war wie an anderen Tagen, ließ sich das nagende Gefühl von Heimweh leicht mit einbauen.

Die ersten drei Wochen ihrer Schulzeit verbrachte Vivian schweigend. Sie konnte kein Wort Englisch, und niemand konnte mit ihr Deutsch sprechen. Suaheli zu sprechen, war verboten, weil dies die Sprache der Schwarzen war. Da die Kinder ihre Betten selbst machten, den Tisch decken und abräumen mußten und die Gartenanlagen zu versorgen hatten, kamen sie nie mit den wenigen Schwarzen in Berührung, die in der Schule arbeiteten. Die Nakuru School war eine ausschließlich weiße Welt. »Ein weißes Gefängnis« erzählte Vivian später ihrem Vater, der dies ungerechterweise für eine Übertreibung hielt.

Sobald Vivian soweit war, die Dinge zu begreifen, merkte sie, daß alles verboten war, was sie gern getan hatte. Zwischen der Farm in Ol'Joro Orok und der Schule in Nakuru lagen nicht hundert Meilen, sondern eine ganze Welt. Es war verboten, sich anzuziehen, wie man wollte.

Von morgens um sechs bis zum Sport am Nachmittag wurde die Schuluniform getragen: blauer Trägerrock, weiße Bluse, blau-weiß gestreifte Krawatte und blau-weiß gestreiftes Band am blauen Hut. Die Kleidung für den Sport war genau vorgeschrieben: weiße Shorts und gelbe Bluse. Zum Abendessen hatten die Kinder in Schlafanzug und Morgenrock zu erscheinen, und selbst die Art, wie der Morgenrock am Haken zu hängen hatte, war genau festgelegt.

Es war verboten, sich bei Tage in den Schlafräumen aufzuhalten, und um sieben Uhr abends hatte jeder im Bett zu liegen. Fünf Minuten zuvor knieten alle 24 Kinder des Schlafraums gemeinsam, um das Vaterunser zu beten, und standen zugleich, wie eine einstudierte Ballettgruppe, wieder auf. Die Kinder wurden morgens um sechs durch eine schrille Glocke geweckt, mußten ein kaltes Bad nehmen, ihre Betten auf eine ganz bestimmte Art machen und sich um sieben Uhr zum Frühsport versammeln. Um acht gab es Frühstück. Danach folgte die Morgenandacht in der Aula. Um neun begann der Unterricht und ging bis ein Uhr.

Dieser Tagesablauf war für Vivian so fremd, daß sie nicht dazu kam, sich über irgend etwas anderes zu wundern, obgleich es genug Anlaß gab. Es dauerte einige Zeit, ehe sie begriff, daß die Kinder beim geringsten Verstoß gegen die Regeln mit einem dünnen Stock geschlagen wurden. Noch länger brauchte sie, um zu bemerken, daß die Stockschläge mit gleichmütigen Gesichtern hingenommen wurden, als sei nichts geschehen. Vivian war in ihrem Leben noch nie geschlagen worden, und sie hatte auch nie erlebt, daß andere geschlagen wurden, aber sie gewöhnte sich überraschend schnell an die Prügel. Sie empfand jedenfalls das Brennen der Schläge auf der Haut weit weniger unangenehm als die Traurigkeit, die in ihr war, weil sie Sehnsucht nach der Farm hatte.

Als sie genug Englisch gelernt hatte, um mit ihren Mitschülerinnen zu sprechen, merkte sie, daß die Kinder ebenso strenge Regeln im Umgang miteinander wie die Lehrer im Umgang mit den Kindern hatten. Petzen war verpönt, Tränen beim Geprügeltwerden ebenso, und es war selbstverständliche Pflicht, Prügel für Mitschülerinnen einzustecken. »Tapfer sein für andere« hieß das Motto, und es dauerte natürlich lange, ehe Vivian die Worte verstand und die von ihr erwartete Heldenrolle übernehmen konnte. Als sie soweit war, tat sie dies mit einer gewissen Verachtung, die sie sich nicht anmerken ließ, und mit der von ihr verlangten Gelassenheit.

Wenn Vivian die Prügel nicht zu schaffen machten, so doch das Essen. Der weiße Koch der Schule hatte weniger Ahnung vom Kochen als Kamau auf der Farm, der immerhin erst von ihrem Vater und dann von Hanna angelernt worden war. Fast jeden Tag gab es zum Mittagessen harte, halbrohe Blätter Weißkraut in einer trüben Brühe, ekelerregende angebrannte Süßkartoffeln und vor Fett triefendes Hammelfleisch, das Übelkeit hervorrief und den Mund taub machte. Abends wurden Salatblätter serviert, die die Kinder ins Salzfaß steckten, und dazu eine Scheibe Brot. Die meisten gingen hungrig ins Bett.

Trotzdem beneidete Vivian die Kinder glühend, die während des Mittagessens aus dem Speiseraum geschickt wurden. In den ersten Wochen, als sie noch kein Wort vom Gesagten verstand, fragte sie sich immer wieder, weshalb einige Schülerinnen so bevorzugt wurden. Später begriff sie, daß es eine Strafe war. Es war Musik in ihren Ohren, als die Aufsicht führende Lehrerin zum ersten Mal sagte: »Vivian verläßt sofort den Tisch und verzichtet eine Woche aufs Mittagessen.« An dem Tag war sie zum ersten Mal zufrieden in der Schule. Nicht nur, weil sie kein Hammelfleisch essen mußte, sondern weil eine Mitschülerin ihr die Banane aufgehoben hatte, die es zum Nachtisch gegeben hatte. Kinder, die auf das Mittagessen verzichten mußten, wurden immer von den anderen versorgt.

Anna de Bruin wurde Vivians Freundin. Auch sie konnte kein Englisch, weil sie ja zu Hause nur Afrikaans gesprochen hatte, und so fanden die beiden Außenseiter schnell zueinander. Die übrigen Kinder von de Bruin waren älter. Vivian sah sie nur bei der Morgenandacht. Dort saßen sie mit rotgeweinten, trotzigen Gesichtern. Ihnen fiel es viel schwerer als Vivian, sich in der Schule einzugewöhnen. Sie waren von ihrem Vater erzogen worden, alles Englische zu hassen, und das vergaßen sie nie. In ihrer ganzen Schulzeit lernten sie so wenig Englisch wie möglich.

Anna, von ihren Geschwistern isoliert und von Vivian angespornt, konnte nach sechs Wochen genug Englisch, um sich mit Vivian zu unterhalten. Außerdem hatte sie Vivian Afrikaans beigebracht, das dem Deutschen ähnelte.

»Hier ist es schlecht«, sagte Anna fast täglich.

»Du mußt trotzdem lernen, Anna«, erklärte ihr Vivian, »dein Vater wird sich freuen.«

»Warum?«

»Du kannst ihm Bücher vorlesen.«

»Wir haben keine Bücher zu Hause«, antwortete Anna trübe und kletterte bedrückt mit Vivian auf einen hohen Pfefferbaum.

Trotz Verbots war die Versuchung groß, auf die Bäume zu klettern. Die Strafe schien nur ein kleines Opfer für die Welt, die man von oben sah. Auf dem blauen See lagerten die rosa Flamingos, und manchmal sah man sie scharenweise hochsteigen. Bald konnten Anna und Vivian die Pelikane ausmachen und die großen schwarzen Marabus, die aufrecht zwischen den Flamingos spazierten.

Die winzigen Pfefferbeeren waren von einer süß schmekkenden rosa Haut umgeben. Biß man auf den Kern, kamen einem die Tränen. Vivian und Anna gewöhnten sich das Lutschen von Pfefferbeeren an. Es war besser, mit den Augen als mit dem Herzen zu weinen.

Nachts brannten riesige Buschfeuer auf dem erloschenen Krater Menengai. Sie färbten die Dunkelheit rot und gaben immer wieder Anlaß, den Ernstfall eines Feuerausbruchs zu proben. Wenn die Schulglocke Alarm schellte, mußten die Kinder aus dem Bett stürzen, Morgenrock und Decke nehmen und sich im Freien zum Appell versammeln. Manchmal standen sie stundenlang in der kühlen Tropennacht herum.

»Warum«, begehrte Vivian einmal auf, »erzählen sie uns eigentlich immer wieder von den armen Kindern in England, die in die Luftschutzräume müssen und nachts nicht schlafen können?«
    Aber Anna sagte nur: »Ich hasse England.«
    »Vielleicht brennt die Schule eines Tages doch noch ab«, meinte Vivian.
    »Dann bauen die bestimmt eine neue«, antwortete Anna in seltener Klarsichtigkeit.

Wenn am nächsten Tag zum Unterricht gerufen wurde, vergaß Vivian all das, was sie bedrückte. Der Unterricht machte ihr Spaß, und sie verzieh, wenigstens für einige Stunden, der Schule das harte Training beim Sport, die kalten Bäder am Morgen, die Prügel und die seitenlangen Strafarbeiten, die die karge Freizeit dahinrafften wie ein Buschmesser ein Pflanzengestrüpp, das den Weg versperrt.

Der Klassenlehrer hieß Dixon. Er war in Kenia vom Krieg überrascht worden und sehnte sich so nach England zurück wie Vivian nach Ol'Joro Orok. In seiner Jugend war Dixon Schauspieler gewesen und hatte später als Lehrer nur ältere Schüler unterrichtet. Er war nicht gewillt, nur weil es ihn nach Afrika verschlagen hatte, seinen Unterricht auf jüngere Kinder einzustellen.

Dixon, immer streng und immer fröhlich, las mit den Kindern Bücher, von denen sie kein Wort verstanden, aber sie wagten nicht, bei ihm auch nur aufzumucken. Als Vivian in Dixons Klasse landete, hatte sie zwei Klassen übersprungen und die ein Jahr ältere Anna hinter sich gelassen, die sich noch immer damit abquälte, das Alphabet zu lernen. Dixon tröstete Vivian über die Trennung von Anna, denn sie gehörte bald zu den Besten der Klasse und hatte wohl am meisten Spaß an seinen Stunden.

Dixon war für sein Temperament berüchtigt. Der Rohrstock lag immer auf seinem Pult und wurde oft benutzt. Trotzdem war der Lehrer beliebt, denn er prügelte nie die Kinder, die nicht begriffen hatten, sondern diejenigen, die er für faul hielt. »Dixon ist fair«, hieß es, und das war für einen Lehrer der Nakuru School höchstes Lob.

Aus seiner Zeit als Schauspieler stammte Dixons Liebe zu Shakespeare. Er las mit den neun- und zehnjährigen Kindern »Hamlet« und ging anschließend zum »Sommernachtstraum« über. Eines Tages betrat er die Klasse mit einem doppelten Purzelbaum, erklärte, er sei der Puck aus dem »Sommernachtstraum«, und rezitierte die Verse, die er so liebte. Nicht deretwegen, sondern um des Purzelbaums willen war Dixon fortan der Liebling aller, und kein noch so strenges Regime seinerseits konnte die Zuneigung der Kinder schmälern. Wenn es ihm einfiel, tanzte er auf seinem Pult, verkleidete sich, um eine Rolle zu spielen, trug schlechte Gedichte mit entsprechendem Gesichtsausdruck vor, damit die Kinder die guten erkennen lernten, und ließ sie endlose Verse auswendig lernen. Mit Dixon war zwar nicht zu spaßen, aber der Spaß mit ihm war groß.

Er bemerkte bald Vivians Interesse für seinen Unterricht. Nicht daß er sie milder behandelt hätte als die Mitschüler, aber er behielt sie oft nach der Stunde im Klassenzimmer, um mit ihr über das Gelesene zu sprechen. Das machte Vivian stolz. Sie fühlte sich aus der Masse der Kinder hervorgehoben und anerkannt, und sie sehnte jede Stunde mit Dixon herbei wie einst die Gespräche mit Jogona.

»Bist du glücklich hier?« fragte er eines Tages.
»Nein«, erklärte Vivian. Ihr war die Antwort leicht geworden. An dieser Schule mit strengen Prinzipien galt Feigheit, auch Lehrern gegenüber, als schlimmste Untugend.
»Dann geht es dir wie mir. Ich bin auch nicht glücklich hier.«
»Ich möchte zurück auf die Farm«, sagte Vivian träumerisch, und sie dachte an das Schnattern der Paviane, an die Zebras am Horizont und wie schön es war, mit nackten Füßen die feuchte Erde zu berühren.
»Ich möchte zurück nach England«, erklärte Dixon,

und er vergaß Vivian, als er hinzufügte: »Dies ist ein verfluchtes Land.«

Das erinnerte Vivian an zu Hause. Sie lächelte, als sie sagte: »Das sagt mein Vater auch.«

»Wo kommt er denn her?«

»Aus Deutschland.«

»Ich verstehe«, sagte der Lehrer gedankenvoll.

Er verstand wirklich und wurde ein Freund für Vivian, der sie beschützte, förderte und die Dinge lernen ließ, die sie bei keinem anderen Lehrer gelernt hätte. Vivian hatte zunächst nicht gemerkt, daß die Kinder sie »die Deutsche« nannten. Anfangs konnte sie nicht genug Englisch, um überhaupt zu merken, daß sie beschimpft wurde. Als sie dann begriff, schüttelte sie die Bemerkungen von sich wie ein Hund den Regen aus dem Fell. Dixon aber sorgte dafür, daß die Mitschülerinnen Vivian in Frieden ließen, und er lehrte sie sogar, ihr Talent anzuerkennen, indem er an ihre Fairneß appellierte.

»Sie hat zwei Sprachen gelernt, und ihr könnt noch nicht einmal eine einzige richtig«, sagte er.

Vivian war damals schon lange genug in der Schule, um zu wissen, daß Bescheidenheit eine Pflicht war. So wies sie Dixon auch nicht darauf hin, daß sie auch Suaheli und Kikuyu konnte, also insgesamt vier Sprachen. Zudem machte Dixon sein Lob sofort wieder zunichte, indem er Vivian beim Basteln eines Kalenders erwischte und ihr einen sechs Seiten langen Aufsatz über Kalender zudiktierte, was sie als ein ausgesprochen vergnügliches Thema betrachtete.

Kalender zu zeichnen, war gerade die große Mode in der Schule. Sie wurden bunt ausgemalt, auf Pappe montiert und zu langen Schlangen zusammengesetzt, die aus Kreisen bestanden. Die Kalender wurden, was verboten war, aber trotzdem getan wurde, unter der Matratze versteckt und mehrmals am Tag herausgeholt. Jeder Kreis der Kalenderschlange bedeutete einen Tag. Jeden Abend wurde ein Tag abgetrennt, und die Tage bis zu den Ferien wurden nachgezählt. In der letzten Woche der Schulzeit wurde ein neuer Kalender gebastelt, der die Stunden anzeigte, und am letzten Tag gab es sogar einen, auf dem man die Minuten bis zu den Ferien zählen konnte.

Bis dahin waren es noch genau 23 Tage. Sie waren von einer belebenden Hoffnung erfüllt. Selbst Anna sah fröhlicher aus. Sie konnte zwar noch immer nicht lesen und schreiben, aber zählen konnte sie. Sie hatte sich einen winzigen Kalender gebastelt, den sie in der Tasche ihres Schulrocks verstecken und mit auf den Pfefferbaum nehmen konnte. Immer wieder zählten sie und Vivian die Tage.

In diesem letzten Schulmonat schienen die morgendlichen Gebetsstunden viel schneller zu vergehen als am Anfang. Selbst das Knien auf dem harten Boden der Aula war nicht mehr so schlimm wie zu Beginn der Schulzeit. Auch der Kirchgang am Sonntag, vier Kilometer hin und vier zurück bei brütender Hitze auf einer schattenlosen Straße, wurde leichter erträglich.

Vivian kannte nun die Tricks, sich das Leben in der Schule leichter zu machen. Sie fiel der strengen Aufsicht im Schlafsaal nicht mehr unangenehm auf, weil sie ihr Bett falsch gemacht oder den Morgenrock verkehrt weggehängt hatte. Sie hatte gelernt, das fette Hammelfleisch so unzerkaut wie möglich herunterzuschlucken, weil man da den widerlichen Geschmack nicht auf der Zunge spürte. Vor allem war sie nicht mehr »die Neue«. Ihre Schulkrawatte und das Hutband waren ausgebleicht, und das war das Zeichen, daß sie dazugehörte. Abends las Dixon »Oliver Twist« vor, der ja bestraft worden war, weil er eine zweite Portion Essen verlangt hatte. Die Kinder lachten hinter vorgehaltener Hand und taten, als müßten sie husten, weil auch sie hungrig ins Bett geschickt wurden. Es war gut, mit den Mitschülerinnen zu lachen.

In diesen letzten Wochen vor den Ferien konnte Vivian die Flamingos auf dem See sehen, ohne mit Wehmut an die Zedern und Dornakazien zu Hause zu denken, und wie die Webervögel ihre Nester bauten. Erregt merkte Vivian, daß sie von Tag zu Tag glücklicher wurde, je näher die Ferien kamen. Sie sah ihren Vater beim Melken, den Hirten Choroni sich die Nase mit dem Schwanz einer Kuh putzen und rief sich voll Wonne den Tag in die Erinnerung zurück, als der große Zauber Hanna von der Farm getrieben hatte. »Die Tage, die noch nicht hier sind, sind gekommen«, formulierte sie in glücklicher Erwartung. Es war Zeit, den Brief an Jogona zu schreiben.

Samstag war Brieftag. Es war Pflicht, den Eltern einmal die Woche zu schreiben und für jeden weiteren Brief Erlaubnis einzuholen. Dixon las die Briefe, ehe sie abgeschickt wurden. Manchen ließ er dreimal schreiben, wobei er nie am Inhalt, aber oft an der Schrift etwas auszusetzen hatte.

»Wer ist Jogona?« fragte er, als Vivian um Schreiberlaubnis nachsuchte. Er kaute an dem fremden Namen herum, als hätte er einen Stein verschluckt.

»Mein Freund«, erwiderte Vivian.

»Kann er denn lesen?«

Vivian schwieg. Sie ahnte, daß das Gespräch sich in der Atmosphäre der Schule seltsam ausnehmen würde, und sie war einen Moment lang versucht, ihr Vorhaben aufzugeben. Die Erinnerung an den knirschenden Sand zwischen den Zähnen war jedoch stärker. Sie hatte Jogona bei ihrem Eid den Brief versprochen.

»Nein«, sagte sie, »Jogona kann nicht lesen.«

»Findest du es dann sehr praktisch, ihm zu schreiben?« Dixon war für seine Ironie berühmt, und er hatte gern, wenn man darauf einging.

»Nicht praktisch«, erwiderte Vivian, »aber ich hab's versprochen.«

»Was will er mit dem Brief?«

»Ihn bei sich tragen.«

»Woher weißt du das alles?« fragte Dixon. Er war nicht mehr ganz bei der Sache. Alles, was mit Afrika zusammenhing, interessierte ihn nicht.

»Jogona ist mein Freund. Wir haben zusammen Sand geschluckt.«

»Schreib ihm«, sagte Dixon, »aber erzähl's niemand . . .«

»Das hätte ich sowieso nicht getan. Ich danke Ihnen.«

»Nur dieses eine Mal, verstehst du!«

»Mein Freund braucht nur einen Brief.«

Obwohl Dixon kein Wort von dem verstand, was Vivian geschrieben hatte, lächelte er, als er den Umschlag zuklebte. »O Jogona«, stand da in großen Buchstaben, »ich habe dir gesagt, daß ich schreiben werde. Jetzt schreibe ich dir, denn ich habe es gesagt.« Nach diesem Satz hatte Vivian einen größeren Zwischenraum freigelassen, um die Gesprächspause anzudeuten, und war dann fortgefahren: »Die Tage, die noch nicht hier sind, sind gekommen. Auf dem Brief steht Jogona. Du hast jetzt einen Brief, Bwana.«

Nur die weißen Männer wurden Bwana genannt, und es war natürlich ein Scherz, Jogona einen Bwana zu nennen, aber er würde ihn verstehen. Er würde noch oft darauf zurückkommen. »Weißt du noch, wie du mich Bwana genannt hast?« würde er sagen.

Vivian lachte glücklich und ging Anna suchen.

XI.

De Bruins kleiner Lastwagen mit der Tür, die noch immer von innen mit einem Strick zugehalten werden mußte, keuchte den steilen Berg zur Schule hoch und ließ eine rote Staubwolke hinter sich, die zum Himmel stieg. Anna und Vivian hatten schon seit Stunden vom Pfefferbaum aus auf diesen Augenblick gewartet und waren stumm vor Seligkeit.

De Bruin war gekommen, um fünf seiner Kinder und Vivian nach Hause zu holen. Er umarmte und streichelte die Kinder mit der Miene eines Mannes, der nicht mehr geglaubt hat, seine Familie lebend wiederzusehen. Vivian drückte er so fest an sich, daß sie nicht mehr atmen konnte. De Bruin roch nach Kaffee, Tabak, Schweiß und Heimat und verdrängte in einer einzigen Sekunde den Alptraum der Schule, der drei Monate gewährt hatte.

»Los, weg von hier«, sagte der Bure und schaute sich wie ein Dieb um, der fürchtet, nicht mehr rechtzeitig mit seiner Beute fortzukommen. Das weiße Schulgebäude, der Lehrer, bei dem sich die Kinder zu verabschieden hatten, und vor allem der Anblick seiner Kinder in der Schuluniform ängstigten ihn. »Krawatten«, schnaubte er, und wie auf Befehl rissen die Kinder den lästigsten Teil ihrer Schuluniform vom Hals. Sie atmeten auf, als seien sie im letzten Moment vor der Schlinge gerettet worden.

De Bruins Söhne waren schon dreizehn und vierzehn Jahre alt, aber sie heulten wie kleine Kinder. Die Töchter – Anna war die Jüngste – klammerten sich an Vaters Hosenbeine, als müßten sie ihn verlassen und nicht, als hätten sie ihn gerade wiedergefunden.

Einige Kinder aus Vivians Klasse hatten die Wiedersehensszene stumm beobachtet. Sie waren dazu erzogen worden, ihre Gefühle nicht zu zeigen, und voller Verachtung murmelten sie »die Buren«. Vivian war froh, daß de Bruin entweder nichts gehört oder nichts verstanden hatte. Er hatte eine schnelle und kräftige Art, auf Beleidigungen zu reagieren, und es hätte bestimmt Komplikationen gegeben.

»Bist du traurig«, fragte de Bruin, »daß ich deinen Vater nicht mitbringen konnte? Er wartet zu Hause auf dich. Es war kein Platz mehr im Wagen.«
»Nein, ich bin nicht traurig«, Vivian keuchte, denn de Bruin hatte sie gerade hochgehoben und in die Luft geworfen. Er sah dabei aus wie ein Kind, das sein lange vermißtes Spielzeug wiedergefunden hat.

Für den stets eintretenden Notfall, daß der Wagen streikte, hatte de Bruin seine drei Männer dabei, die dann schieben würden. Sie saßen im offenen Lastwagen und zeigten lachend ihre Zähne. Auch die drei großen Hunde, von denen de Bruin sich nie trennte, waren mitgekommen und stürzten sich auf die Kinder, bis sich Hunde und Kinder im Staub wälzten.

Für Vivians Vater wäre wirklich kein Platz mehr gewesen. Es störte Vivian nicht, daß sie nun das Wiedersehen mit ihm um einige Stunden verschieben mußte. Hatte sie nicht Warten gelernt? Erst von Jogona und dann in diesen drei langen Monaten in der Schule. Sie wollte den Weg zur Farm genießen, wollte sich an den Tag erinnern, als sie zusammengekauert in de Bruins Wagen gehockt und sich vor der Schule gefürchtet hatte. Damals hatte sie lieber sterben wollen, als von der Farm fort zu müssen. De Bruins Kinder hatten geschluchzt, und er selbst war wütend gewesen und hatte auf die Engländer geschimpft, die kleine Kinder zur Schule zwangen. Es schien sehr lange her.

Heute sang de Bruin seine schönen Lieder, bei denen man manchmal lachen und meistens weinen mußte. Die Kinder hatten Tränen in den Augen, aber keinen Kummer mehr. Der war von ihnen abgefallen, als sie die verhaßten Schulröcke und die Schulhemden mit den Krawatten ausgezogen und die Hüte auf die Erde geworfen hatten. Sie saßen nun halb nackt auf dem Boden des Lastwagens und drückten die Hunde an sich, die nach Jagd und Erde rochen. De Bruin hatte große Stücke Kuchen mitgebracht, das dünne, an der Luft getrocknete Fleisch, das er Billtong nannte, und viele Flaschen, die mit kaltem, starkem Kaffee gefüllt waren.

Die Kinder jubelten und fühlten sich zum ersten Mal in drei Monaten satt. Sie gurgelten mit dem Kaffee, der in der Kehle brannte und süß auf der Zunge war. Er machte den Kopf leicht und ließ das Herz schlagen.

»Er schmeckt nach Glück«, sagte Vivian, und ihr wurde bewußt, daß sie zum ersten Mal seit drei Monaten wieder Deutsch sprach. De Bruin verstand sie und sagte: »Du redest so gut wie ein Buch.« Die Bemerkung gefiel ihr. Sie würde die Worte für Jogona wiederholen.

Im offenen Lastwagen roch es nach Hitze, Erde und Benzin. Die Lieder wurden immer trauriger und die Kinder immer fröhlicher. De Bruin lachte, weil Vivian den Text in Afrikaans so gut mitsingen konnte. Anna sah plötzlich viel größer aus als in der Schule, und die Jungen wirkten wieder wie Männer. Sie hatten drei Monate lang nur Bleistifte und Federhalter in den Händen gehabt, und sie sehnten sich nach dem Pflug. Die dunklen Bäume zogen am Wagen vorbei, der über Steine und Löcher rüttelte.

Manchmal sah Vivian die Fußsohle eines Pavians, und einmal mußte der Wagen anhalten, weil eine ganze Herde von Affen über die Straße zog. Die Mütter trugen ihre Kleinen, und die Pavianmänner gingen gemessenen Schrittes, ohne daß sie auf den Wagen achteten.

»Soll ich erst meine Kinder heimbringen oder dich?« fragte de Bruin.
»Deine Kinder«, sagte Vivian schnell. Sie hatte de Bruins Kinder wirklich gern, und Anna war ihre Freundin geworden, aber die Stunde der Heimkehr sollte ihr allein gehören. De Bruin verstand, was in ihr vorging.
Als sie mit ihm allein im Wagen saß, fragte er fast ängstlich: »Ist die Schule schlimm?«
»Sehr.«
»Ihr müßt den ganzen Tag lernen?«
»Das ist es nicht«, erwiderte Vivian, »aber man hört nachts keine Trommeln und auch keine Hyänen.«
»Dann ist es wirklich schlimm.«

Später sagte de Bruin: »Du liebst Afrika sehr, nicht wahr?«
»Ja«, erklärte Vivian, »aber nur die Farm.«

»Du bist ein Burenkind«, lachte de Bruin.

»Ja«, lachte Vivian. Die Worte machten sie glücklich, und sie überlegte, was ihr Vater wohl dazu sagen würde.

»Du bist auch eine Memsahib kidogo geworden«, erklärte de Bruin.

»Memsahib kidogo« hieß »die kleine Memsahib« und war die Anrede für Mädchen, die keine Kinder mehr waren.

»Memsahib kidogo«, wiederholte Vivian.

Der dichte Wald auf dem Weg zur Farm war schwarz. Jetzt waren die Stimmen der Affen deutlich zu hören und auch das Kreischen der Vögel. Der Klang der Trommeln kam immer näher. De Bruin ließ den Wagen auslaufen.

»Die Trommeln melden eine Ankunft«, sagte Vivian.

»Deine«, lachte de Bruin, »komm, wir steigen mal aus.«

Vivian war jetzt ganz ruhig, nachdem die Ungeduld, wieder auf die Farm zu kommen, aus ihrem Körper gewichen war. Eine Schar blauer Glanzvögel hüpfte auf der roten Erde. Vivian hatte vergessen, wie schön sie waren, und sie schluckte, weil sie sich nicht zu sprechen traute. Im Staub der Straße zeichneten sich Spuren ab.

»Eine Hyäne«, sagte sie fachmännisch.

»Ein Schakal«, verbesserte de Bruin. Er ging auf einen von Pflanzen bewachsenen Baum zu, dessen Stamm fast zwei Meter Umfang hatte. Eine Schlange hatte sich satt und erschöpft und mit geschwollenem Leib um den Stamm gewunden.

»Schön«, sagte Vivian und bemühte sich, nicht zu atmen.

Einige Meter von der Schlange entfernt lag die halb gefressene Leiche einer jungen Gazelle. Das Tier war höchstens vier Tage alt geworden. Die verkrustete Erde war von seinem Blut schwarz gefärbt.

»Findest du es immer noch schön?« fragte de Bruin gespannt und zeigte auf die tote Gazelle.

»Ja«, antwortete Vivian und fügte hinzu: »Die Schlange muß auch leben.«

»Du gehörst hierher.«

»Ich weiß«, sagte Vivian. Ihre Lungen tranken gierig. Die Luft war nun frisch und nicht mehr stickig wie die Luft in der Schule. Die Trommeln erzählten noch immer von der Ankunft der kleinen Memsahib.

Als Vivian aus dem Lastwagen kletterte und ihren Vater sah, ging es ihr wie zuvor de Bruins Kindern. Sie weinte, und die Worte, die sie sprechen wollte, saßen fest in ihrem Hals.

Sie sah ihren Vater immer wieder an und begriff, daß es ihm in den vergangenen drei Monaten nicht besser ergangen war als ihr.

»Ich bin zu Hause«, sagte sie, aber ihr Vater konnte nicht antworten.

Er sagte nur: »Hier, dein Geschenk«, und aus seinem Hemd kletterte ein kleiner Pavian.

De Bruin hatte das mutterlose Tier auf der Jagd gefunden und es für Vivian eingefangen und auf die Farm gebracht. Es hatte noch keinen Namen und wurde nur »Toto« genannt, was ja Kind hieß. Jetzt, da Vivian kein Toto mehr war, hatte sie selbst ein Toto. Der Pavian saß auf ihren Schultern und zupfte an ihren Haaren. Sie vergrub ihre Nase in seinem Fell und ließ sich kitzeln.

»Schön«, sagte sie zum dritten Mal an diesem Tag.

Vivians Heimkehr hatte sich bereits überall herumgesprochen. Die Schwarzen standen vor dem Haus, nicht nur die

Männer, auch die Frauen und Kinder. Sie stampften, sangen und klatschten, und dann sangen sie das Lied vom Schakal, der einen Schuh gefressen hat und weinen muß. Vivian war gerührt. Sie hatte das Lied gern, und auf der Farm hatten sie es nicht vergessen.

»Jangau na kula wiatu«, sang sie mit. Der kleine Pavian schlug seine Hände zusammen.

Choroni kam auf sie zu, lächelte mit seinem zahnlosen Mund und sagte: »Jambo, Memsahib kidogo.« Guten Tag, kleine Memsahib. Also auch er wußte, daß sie kein Kind mehr war. »Memsahib kidogo« sangen die Männer wie auf Befehl. Erst da sah Vivian, daß Jogona zwischen ihnen stand.

Sein kahler Schädel glänzte in der Mittagssonne. Er hatte ein Hemd aus zerschlissenem Khaki an und eine alte Hose, auf der ein Stück aus einem alten Nachthemd von Hanna als Flicken aufgenäht war. Die Zähne in seinem Gesicht leuchteten, obgleich er noch kein Wort gesprochen hatte. Steif, als müßte er jeden seiner Schritte zählen, kam Jogona auf Vivian zu und machte sich mit geschlossenen Augen an der einen Tasche zu schaffen, die das Hemd hatte. Langsam holte er einen zerknitterten Umschlag hervor.

»Ich habe einen Brief bekommen«, sagte er, »der Bwana hat ihn mir gegeben.«

»Du hast einen Brief bekommen?« fragte Vivian.

»Ja.«

»Von wem ist er denn?«

»Lies«, sagte er, »dann wirst du wissen, von wem er ist.« Jogonas Stimme war so laut, daß sie bis zu dem Echo in den Bergen reichte.

»Ich kann ihn lesen«, bestätigte Vivian ebenso laut.

»Lies ihn.«

»Heute? Soll ich den Brief heute lesen?«

»Ja«, riefen die Männer an Jogonas statt, »ja, Memsahib kidogo, du sollst den Brief lesen.«

Umständlich faltete Vivian das Papier auseinander. Sehr laut und mit den Pausen, die sie geschrieben hatte, las sie vor: »O Jogona. Ich habe dir gesagt, daß ich schreiben werde. Jetzt schreibe ich dir, denn ich habe es gesagt. Die Tage, die noch nicht hier sind, sind gekommen. Auf dem Brief steht Jogona. Du hast jetzt einen Brief, Bwana.«

Der gespannten Stille folgte lauter Jubel. Alle sahen erwartungsvoll auf Jogona.

»Steht das wirklich in dem Brief?« fragte er schließlich.

»Ja.«

»Steht auch in dem Brief, daß ich ein Bwana bin?« fragte er überwältigt.

»Das steht in dem Brief«, versicherte Vivian.

»Morgen liest du mir den Brief wieder vor.«

»Morgen lese ich den Brief wieder vor.«

Morgen würde ein guter Tag werden. Von jetzt an waren alle Tage gut.

XII.

Noch ehe die Hyänen im Wald verschwanden und der Tau auf dem Gras getrocknet war, kehrte Morenu auf die Farm zurück. Alle wußten es, aber niemand sprach darüber. De Bruin war schon am frühen Morgen auf die Farm gekommen, diesmal nur von seinen drei Hunden begleitet. Die drei Männer, die sonst hinten im Wagen saßen, waren plötzlich verschwunden gewesen, als er hatte abfahren wollen. Nun war es schon fast dunkel, aber de Bruin machte sich nicht zum Aufbruch bereit. Er starrte in das flackernde Kaminfeuer, das ihm keine Wärme brachte. Sein Gesicht war rot und voller Unruhe, und er wollte das Zittern seiner Hände verbergen, indem er den kleinen Affen Toto hinter den Ohren kraulte.

»Eine schöne Schauri«, sagte er.

»Schauri« war das Wort, das für jede Situation paßte. »Schauri« konnte Neuigkeit bedeuten, Streit, schlechte Nachrichten oder Abwechslung. Manchmal war »Schauri« ein gutes Wort, das Gelächter auf die Farm brachte, oft aber bedeutete es Bedrohung oder Gefahr. Eine »Schauri« war, während sie sich ereignete, so wenig greifbar wie ein Dieb, der nachts in die Ställe schlich und seinen Körper mit Öl einschmierte, damit er nicht zu fassen war.

»Hör mal, wir müssen ihn finden«, sagte de Bruin.

»Wen?« fragte Vivians Vater, um Zeit zu gewinnen, und kam sich wie ein Kikuyu vor.

»Morenu«, erklärte Vivian.

»Was weißt du davon?« fragte de Bruin.

»Er ist doch wieder auf der Farm, Bwana Mbusi.«

»Spricht man darüber?«

»Nein«, erklärte Vivian und dachte daran, daß sich kaum einer der Schambaboys hatte blicken lassen, »aber man weiß, daß er krank ist.«

»Was soll das heißen?« fragte ihr Vater beunruhigt.

»Sie sagen, daß Morenu ein Loch im Kopf hat.«

»Das heißt, er ist verrückt.« De Bruins Stimme war heiser. Ein verrückter Mann auf der Farm kannte nur noch Blut und Tod. Er hatte das schon mehr als einmal erlebt.

Vivian grübelte über Jogona. Auch er hatte sich den ganzen Tag kaum sehen lassen. Er hatte nur gesagt: »Morgen haben wir viel zu reden«, und dann war er verschwunden. Er hatte wie ein Schatten gewirkt, war aber nicht zu bewegen gewesen, mehr als diesen einen Satz zu sagen.

»Morgen haben wir viel zu reden.« Vivian wiederholte seine Worte, doch ohne Genuß.

»Hör mal, bist du die Sphinx?« fragte ihr Vater und bemühte sich, heiter zu klingen.

De Bruin spuckte ins Feuer. »Du mußt begreifen«, sagte er, und es war ihm anzumerken, daß er Angst hatte, »dies hier ist eine gefährliche Sache. Ein Boy, der lange fort war und dann plötzlich und ohne Erklärung wieder auftaucht, bedeutet Gefahr.«

»De Bruin, du hast mir gerade noch gefehlt.«

Der Bure kam nicht dazu zu antworten. Morenu stand plötzlich im Zimmer. Er hatte nicht angeklopft, und niemand hatte gemerkt, wie er die Tür geöffnet hatte. Er lehnte am Türrahmen und bewegte ganz leicht den Oberkörper, als müsse er sich kratzen.

Erst da erinnerte sich Vivians Vater, wie Morenu überhaupt aussah. Er hatte ihn vor dessen Verschwinden gar nicht richtig wahrgenommen. Jetzt mußte er lächeln. Morenu wirkte noch wie ein Kind. Er hatte sehr lange Arme, die er linkisch bewegte, dürre Beine und helle Haut. Nichts an diesem Mann schien gefährlich.

Vivians Vater seufzte. Die Gerüchte, die täglich neu auf die Farm kamen, waren es, die das Leben gefährlich machten. Niemand blieb von ihnen verschont.

»Jambo, Morenu«, sagte er gut gelaunt und so, als

begrüßte er einen alten Bekannten. »Wir haben gerade von dir gesprochen.«

»Ich bin gekommen, um mein Geld zu holen«, sagte Morenu, ohne auf den Gruß zu antworten.

Er sprach undeutlich, wie es die Art der Leute aus dem Stamm der Kisi war. Es hieß immer, die Kisi hätten ein Messer zwischen den Zähnen und könnten deshalb den Mund nicht richtig aufmachen.

»Verschwinde«, rief de Bruin aufgebracht, »sonst dreh' ich dir den Hals um.«

»De Bruin«, mahnte Vivians Vater, »du mußt einen Menschen ausreden lassen. Das ganze Übel dieser Welt rührt daher, daß die Menschen nicht zuhören können. Was für Geld willst du denn holen, Morenu?« fragte er höflich.

»Ich bekomme Geld von dir.«

Vivian fiel auf, daß Morenu auch beim zweiten Satz, den er gesprochen hatte, nicht die Anrede »Bwana« gebrauchte. Morenu stand jetzt nicht mehr an der Tür, sondern zwischen de Bruin und ihrem Vater. Er hielt die Hände hinter seinem Rücken verborgen. Das machte seinen Oberkörper groß.

»Was für Geld?«

»Ich habe gearbeitet und kein Geld bekommen.«

»Stimmt«, erklärte Vivians Vater, »aber du bist auch von der Farm fortgelaufen.« Es tat ihm gut, die Dinge so darzulegen, wie sie waren. Das erinnerte ihn an seine Zeit als Rechtsanwalt, aber ihm fiel doch die Nacht von Manjalas Tod ein und daß Kimani ihm damals zugeflüstert hatte: »Du siehst zu wenig.«

»Du bist verschwunden«, begann er noch einmal, »und da gibt es kein Geld. Das weiß doch jeder.«

Vivian hörte nicht mehr, was die Männer sprachen. Sie

konnte ihren Blick von Morenus Füßen nicht abwenden. Er trug Schuhe aus hellem Leder mit dicken Sohlen. An einem Schnürsenkel baumelte ein Zahn. Ob ihr Vater wußte, was es bedeutete, das Haus des Bwana mit Schuhen zu betreten? Es war die Kampfansage. Da gab es keinen Weg zurück. Auch de Bruin hatte begriffen. Sein Gesicht schien unendlich klein und war voller Angst. Dieser Anblick schmerzte Vivians Vater mehr als die Drohung, die von Morenu ausging. Er hatte den Buren immer nur heiter und selbstbewußt gesehen, und nun machte es ihn wütend, daß Morenu seinen Freund so bloßstellte.

Morenu wippte mit dem rechten Bein, so daß der Schuh auffiel. »Ich will«, forderte er, und seine Stimme überschlug sich, »ich will mein Geld.«

»Mach daß du rauskommst, du Schensi«, brüllte Vivians Vater.

»Schensi« war ein Schimpfwort. Jetzt aber war es die Antwort auf Morenus Herausforderung. Es war mehr als nur eine leichte Kränkung, die ein Mann vergessen konnte.

Morenus Bewegungen verloren ihre Geschmeidigkeit. »Geld!« keuchte er, und sein Atem kam in dünnen, pfeifenden Stößen. Er trat einen schwerfälligen Schritt zurück. Krachend fiel das brennende Holzscheit in sich zusammen.

Vivian wich zur Tür. Sie hatte wie ein Hund, der Prügel fürchtet, aus dem Zimmer rennen wollen, aber was sie sah, ließ sie regungslos stehenbleiben. Ihre Augen weiteten sich schmerzhaft. Morenu hielt eine Keule hinter seinem Rücken. Vivian fühlte, wie ihre Arme und Beine schwer wurden. Es stimmte also, was alle über Morenu sagten. Er war verrückt. Alle wußten es, nur ihr Vater nicht. Er wußte nie etwas von den Dingen, die um ihn geschahen. Er sprach nur von Dingen, die kein anderer verstand. Auch was jetzt mit Morenu geschah, würde er nicht begreifen, ehe es zu spät war.

Vivian wollte schreien, aber ihre Kehle war trocken, und sie konnte ihre Zunge nicht finden und auch nicht die Augen von Morenus Händen abwenden. Er hielt die Keule noch immer hinter dem Rücken. Der Griff war schlank und lang, der Kopf der Keule rund und fest und von langen Zacken umgeben, die Tod bedeuteten. Im fahlen Licht der Petroleumlampe glänzte das frische Holz. Die Keule war wahrscheinlich erst am Vortag geschnitzt worden.

Morenu schien immer größer zu werden, Vivians Vater sah klein und verloren aus. Vivian wurde klar, daß der Vater stets nach den falschen Zaubersprüchen suchte. Er war wie der Baum, von dem man sich in den Hütten erzählte. Der war in einer einzigen Nacht gewachsen, war groß und schön geworden, aber er hatte nicht gelernt, sich dem Wind zu unterwerfen. Da hatte ihn der Wind am Morgen gefällt.

Morenu hielt die Keule so fest in der Hand, daß seine Knöchel grau schimmerten. Die Farbe seiner Finger gab Vivian die Gewißheit, daß er zuschlagen würde. Er hatte schon die Keule zum Schwung erhoben, hielt sie nun hoch über seinen Kopf.

»Papa, er hat eine Rungu.« Noch nie war so viel Lärm in einem einzigen Schrei gewesen.

»Ich weiß«, sagte der Vater, »aber er wird nur einmal zuschlagen. Los, Morenu, schlag zu!«

Morenu wurde unsicher. Er stolperte ein wenig, fing sich aber sofort und hielt die Keule noch höher.

»Gib ihm das Geld, willst du uns alle umbringen lassen?« De Bruin hatte gesprochen. Seine Stimme war die eines Tieres, das keinen Ausweg mehr sieht.

»Schlag zu«, hörte Vivian ihren Vater sagen. Sein Gesicht war weiß, aber er schwankte nicht. Wie der Baum, der nicht hatte lernen wollen.

Mit einemmal wurde es Vivian bewußt, daß sie aus dem Zimmer gelaufen war und am Bett ihres Vaters stand. Hastig suchte sie den Lederbeutel, der immer unter seinem Kopfkissen lag, fand ihn, entnahm ihm einen Schein und stürzte zu den anderen zurück. Sie warf den Geldschein vor Morenus Schuhe.

»Hier«, sagte sie und wandte ihr Gesicht ab. Ihr Weinen war nur noch ein trockenes Schluchzen, das nicht mehr in den Augen, nur noch in der Brust weh tat.

Morenu stand bewegungslos da, hielt noch immer die Keule über dem Kopf, aber als er das Geld auf der Erde liegen sah, ließ er die Arme sinken. Mit einer behutsamen Geste, als wolle er einem kranken Kalb ein Lager bereiten, stellte er die Keule auf den Boden.

»Gut«, sagte er mit viel Triumph in der Stimme, »es ist gut.« Er ergriff die Keule und ging, ohne sich umzusehen, hinaus. Seine Schuhe knirschten auf dem steinigen Pfad vor dem Haus.

Ein Hund heulte. Es war ein langgezogener Schrei voller Angst, der sofort in ein kurzes Wimmern überging und plötzlich verstummte. Der Affe Toto, der sich auf das Fensterbrett verkrochen hatte, hielt seine Hände vors Gesicht. Sein Fell sträubte sich und war feucht. Vivian holte das Tier, setzte sich vor das Feuer und fühlte sein Herz schlagen. Nur die Trommeln unterbrachen die nächtliche Stille. Bald würden sie von der »Schauri« mit Morenu erzählen. Als Vivian aufstand und mit Toto zum Fenster ging, sah sie, daß vor den Hütten wieder Feuer brannte. Fetzen vom Gesang der Männer wehten hinüber zum Haus. Kamau war wiedergekommen.

Er stand an der Tür mit unbeweglichem Gesicht und fragte: »Soll ich Kaffee bringen?« Als niemand antwortete, setzte er sich gekränkt an die Tür, genau an die Stelle, an der zuvor Morenu gestanden hatte.

»Danke, Vivian«, sagte der Vater, »das war mutig von dir.«

»Ich hatte Angst.«

»Angst ist oft die beste Form des Muts«, sagte der Vater. Er hatte schon wieder die Kraft, in Rätseln zu sprechen. »Ich bin froh, daß du hier warst, de Bruin.«

»Ich habe versagt«, murmelte der Bure und schloß die Augen.

»Wir versagen alle, mein Freund, irgendwann versagt jeder.«

»Es hätte nicht zu sein brauchen«, unterbrach de Bruin verärgert, »ich hab' dir damals gleich gesagt, du hättest Morenu suchen lassen und ihn erschießen sollen.«

»Eines Tages wird es immer mehr Leute wie Morenu geben, de Bruin. Das war nur der Anfang.«

»Nein«, begehrte de Bruin auf und sah aus wie ein Kind. Vivian hatte ihn noch nie so gesehen, und der Anblick ängstigte sie so wie zuvor Morenus Keule.

»Eines Tages werden die Schwarzen ihr Land für sich allein haben wollen. Es ist ihr Land.«

»Was wirst du dann machen?« wollte de Bruin wissen.

»Dann bin ich schon lange zurück in Deutschland. Dann ist der Krieg dort aus.«

Vivian hielt sich die Ohren zu. Immer sprach ihr Vater von Deutschland und vom Krieg. Wußte er denn nicht, daß es nichts Schöneres gab als die Farm?

»Es gibt nichts Schöneres als Ol'Joro Orok«, sagte sie, ging zu ihrem Vater und streichelte ihn wie eine Frau, die einen Mann verzaubern will.

Vivian kannte viele Zaubersprüche für Männer, die nicht mehr in ihrer eigenen Hütte leben wollten. Sie sprach den Zauber leise. Ihr Vater dachte, sie ängstige sich noch immer, und das sagte er auch. Vivian verschluckte ihr Lächeln. Es war gut, wenn ein Mann nicht merkte, daß eine Frau Zaubersprüche sprach.

»Es war nur ein böser Traum«, sagte de Bruin.
»Armer Freund«, erwiderte Vivians Vater, und dann fragte er im Ton der Kikuyus, die gemerkt haben, daß einer hinter das Licht geführt worden ist, »schläfst du auf den Augen?«

Erst bei Tagesanbruch entdeckten sie den schwarzen Hund. Er lag tot im taufeuchten Gras. Der Schädel war eingeschlagen, die Ohren waren abgeschnitten und die hervorgequollenen Augen grau. Schweigend standen Vivian und der Vater vor dem toten Tier. Daneben lag Morenus blutgetränkte Keule mit den Zacken. Er hatte sein Messer bis zum Schaft in die Erde gebohrt. Gierig fraßen sich die Ameisen ins faulende Fleisch.

»Askari ja ossjeku«, flüsterte Vivian.

Es war der Name des kleinen Hundes und bedeutete wörtlich »Soldat des Abends« und im übertragenen Sinn

Nachtwächter. Der Hund hatte den Namen bekommen, weil er tagsüber schlief und nachts den Mond und die Sterne anbellte. Nun würde der kleine Nachtwächter auch in der Nacht schweigen.

Vivian konnte nicht weinen, wie sie da neben dem toten Hund kauerte. Sie grub ihre Finger in ein Stück Fell, das unversehrt geblieben war, als wolle sie die Wärme und Sanftheit zurückholen, aber sie wußte, daß sie nichts von dem wiederfinden würde, das sie einst so geliebt hatte.

»Er hat in der Nacht nach uns gerufen«, sagte sie und stand mühsam auf, »aber wir haben ihn nicht verstanden. Wir haben einen Schrei gehört, aber wir haben unsere Ohren zugemacht. Er wollte noch nicht sterben.«
 Es war das erste Mal, daß sich Vivian gegen den Tod auflehnte. Sie merkte es und schüttelte verwundert den Kopf. War sie doch so wie ihr Vater und nicht wie die Schwarzen? Glaubte sie nicht mehr an den schwarzen Gott Mungo?
 »Nein«, tröstete der Vater, »er wollte noch nicht sterben, der kleine Askari.« Er hielt Vivian ganz fest in seinen Armen, und sie merkte, wie das Zittern in ihrem Körper nachließ.

Der Vater trug das, was vom fröhlichen Askari übriggeblieben war, in den Wald. Er legte den Hund zwischen die Bäume und bedeckte ihn mit dünnen Zweigen und Schlingpflanzen. Die Geier kreisten schon am Himmel.

Vivian stand mit Jogona an der Stelle, an der Askari erschlagen worden war. Die beiden Kinder ähnelten einander. Wären sie von einer einzigen Hautfarbe gewesen, hätte man sie von der Ferne aus kaum unterscheiden können. Sie hatten die gleiche Art, auf einem Bein zu stehen und die Arme in die Luft zu werfen. Als der Vater näher kam, entdeckte er auch den gleichen Zug auf ihren Gesichtern. In ihren Augen lag eher Wissen als Traurigkeit.

»Vivian«, rief der Bwana.

Vivian kam, als hätte sie auf den Ruf gewartet. Sie sprang, Jogona hinter ihr her, durch das hohe Gras. An ihrem Ohr leuchtete eine rote Hibiskusblume.

»Jogona«, keuchte sie und schob den Jungen vor sich her, »hat das Gras umgegraben. Man sieht nicht mehr, wo Askari gestorben ist. Man riecht nichts mehr von Morenu.«

»Du hast gegraben, Jogona?«

»Ja, Bwana.«

»Und du hattest keine Angst?«

»Nein«, sagte Vivian, »er hatte keine Angst.« Sie klatschte dicht vor Jogonas Gesicht in die Hände. Seine Augenlider flatterten.

»Ihr habt doch alle Angst, wenn ein Tier gestorben ist.«

»Ich bin nicht wie die anderen, Bwana«, erwiderte Jogona.

Er nahm eine Eidechse vom Baum, ließ sie den Arm hinaufklettern und reichte sie dann Vivian. »Nimm, sie frißt gern das Salz in den Augen«, sagte er.

»Ich hab' kein Salz in den Augen«, erklärte Vivian und fragte sich, wie Jogona darauf gekommen war, daß sie geweint hatte.

»Wer eine Eidechse hält, darf nicht lügen«, sagte er.

»Jogona«, lachte Vivian und sah dabei ihren Vater an, »du bist klug.«

»Komm«, meinte der Bwana, »gehen wir alle drei zur Flachsfabrik.«

Es war ein sanfter Tag. Die Erde leuchtete rot, der Wind bewegte die Felder und machte sie zu einer Welle aus blauen Blüten. Im Wald schnatterten die Affen. Der kleine Pavian Toto saß auf Vivians Schulter und zupfte an ihren Haaren.
»Hörst du deine Brüder, Toto?«
»Er kennt seine Brüder nicht mehr«, erklärte Jogona. »Er ist ein Mensch geworden.«
»Jogona, du bist klug«, lachte der Bwana.

Jogonas Augen wurden groß. So etwas hatte der Bwana noch nie zu ihm gesagt. Er nestelte an seiner Brust herum und holte den Brief aus der Tasche, den Vivian ihm von der Schule aus geschrieben hatte. Das Papier wurde bereits gelb.
»Liest du mir meinen Brief vor, Bwana?« fragte er.

XIII.

Auf der Farm veränderten sich die Dinge nicht schnell, aber die Zeit verging trotzdem. Der Affe Toto hatte bereits drei Regenzeiten erlebt, Jogona war so groß geworden, daß er die zehnte Rille des Wassertanks erreichte, und hatte eine Vorliebe für Shakespeare. Vivian war so oft von de Bruin zur Schule gebracht und von dort abgeholt worden, daß sie mit dem Zählen nicht mehr nachkam, und ihr Vater lachte zuweilen, wenn er die Radionachrichten hörte und meinte, der Krieg würde nicht ewig dauern.

Damals kam der weiße Mann zur Farm geritten, von dem die Trommeln so viel erzählten, den aber kaum ein Mensch kannte.

»Er lebt ganz allein in seiner Hütte«, hatte Jogona einmal gesagt.
»Wie heißt er denn?«
»Bwana Simba. Er ist mal von einem Löwen gebissen worden.«
»Warum kommt er nie?«
»Er lebt so allein wie ein Muchau. Wie ein weißer Medizinmann«, fügte Jogona hinzu.

Das Gespräch war schon lange her. Bwana Simba hieß eigentlich Kinghorn, aber das wußte er kaum selbst noch. Er hatte immer vorgehabt, den weißen Mann mit dem Kind zu besuchen. Er wußte, daß die Schwarzen ihm den Namen Bwana Warutta gegeben hatten, und es interessierte ihn, einen Mann kennenzulernen, der ein Temperament hatte, das dem Schießpulver vergleichbar war.

Bwana Simba war kein Mann der schnellen Entschlüsse. Eines Tages fand er im Tal des Nandi-Stammes einen Fetzen Papier, das sich als Teil einer Zeitung entpuppte. Bwana Simba war nicht neugierig, aber ganz gegen seine Art stieg er vom Pferd. Die Schrift war vergilbt, die Sätze waren ihm kaum verständlich, aber es war von einer Schlacht bei El Alamein die Rede. Der Bwana Simba fragte sich, ob wohl irgendwo auf der Welt ein Krieg ausgebrochen war. Das war im Jahr 1942.

Er hatte vorgehabt, zum weißen Mann mit dem Kind zu reiten und sich danach zu erkundigen, aber die Regenzeit war dazwischengekommen und der Fluß unpassierbar geworden. Bwana Simba fand, daß ein Krieg kein ausreichender Grund war, eine Brücke zu bauen. Es war viel Mühe, eine Brücke zu bauen, und schließlich wußte man nicht, wie lange so ein Krieg dauerte.

Als die Trockenzeit einsetzte und das Flußbett wieder so hart geworden war, daß man mit dem Pferd durchreiten konnte, machte sich Bwana Simba auf den Weg. Es war nicht nur des Krieges wegen. Er brauchte eine Auskunft, denn es war seine Gewohnheit, den Tag feierlich zu begehen, an dem er einst vor fünfzig Jahren afrikanischen Boden betreten hatte. Bwana Simba war aber einige Tage oder einige Wochen sehr krank gewesen, und danach wußte er nicht mehr genau, welcher Tag es eigentlich war. Der Bwana mit dem fremden Kind würde einen Kalender haben. Leute, die noch nicht lange in Afrika lebten, hatten so etwas.

Bwana Simba war einst als Jäger nach Afrika gekommen und mit drei Schwarzen durch den Busch gezogen. Damals war die Sache mit dem Löwen passiert, einem alten kranken Tier. Es hatte ihn angefallen und das linke Bein zerfetzt. Seitdem hieß Kinghorn Bwana Simba, denn Simba war das Wort für Löwe.

Die schwarzen Begleiter hatten Bwana Simba drei Wochen lang auf einer Trage durch den Busch geschleppt und schließlich zum Arzt nach Nairobi gebracht, doch das Bein war nicht mehr zu retten gewesen. Der Bwana Simba schrieb seinem Vater, und der schickte Geld aus England, aber statt sich eine Fahrkarte nach Hause zu kaufen, wie sein Vater es wollte, kaufte sich der Bwana Simba ein Stück Land und ein Pferd. Er konnte sich ja nur noch zu Pferd bewegen.

»Er hatte einmal eine Frau«, erzählte Jogona, »aber sie ist ihm fortgelaufen.«

»Wann?« hatte Vivian gefragt.

»Vor vielen Regenzeiten.«

Bwana Simba lebte allein mit seinem Boy Chai. Er hatte mehr Pferde, als die Trommeln zählen konnten. Als junger Mann hatte er sie gezüchtet. Jetzt waren sie einfach da. Ab und zu schickte er Chai in die Stadt, um ein Pferd zu verkaufen. Vom Erlös konnten Bwana Simba und Chai lange leben. Sie waren nicht anspruchsvoll. Das Land, das ihm gehörte, bebaute der Bwana Simba schon längst nicht mehr. Er war wie die Männer aus dem Stamm der Nandi. Er liebte das Land, aber er bepflanzte es nicht.

Bwana Simba kannte die Farm, auf der der weiße Mann mit der Tochter lebte, aus der Zeit, als das Land noch Steppe war. Auf dem Weg zur Farm ertappte er sich beim Gedanken, ob der weiße Mann, den er nach dem Krieg fragen wollte, wohl lesen konnte. Bwana Simba hatte in seinem Leben sehr viel gelesen. Er schwärmte für die Schriftsteller der Antike und hatte sich, als er noch jung war, Bücher aus England schicken lassen. Damals war auch irgendein Krieg dazwischengekommen, und er hatte die Gewohnheit aufgegeben. Außerdem hatte er da bereits genug Bücher.

Wie er so der Farm entgegenritt, empfand der Bwana Simba Vorfreude. Er erinnerte sich an das, was die Trommeln erzählten. Sie berichteten oft vom Kind des Bwanas mit dem Temperament wie Schießpulver. Es hieß, das Mädchen sei biegsam wie eine Zeder und hätte Augen, die hinter die Worte sehen konnten. Bwana Simba wußte genau, was das bedeutete.

Noch nicht einmal Kamau, der die besten Ohren auf der Farm hatte, fand Zeit, den Bwana Simba anzukündigen. Er war einfach da, war unbemerkt wie ein Heuschreckenschwarm bei Nacht gekommen. Aufrecht saß der Bwana Simba auf dem Pferd, während die Hunde bellten und die Schwarzen ihre Arme in die Luft warfen. Vivian und ihr Vater stürzten aus dem Haus.

»Jambo«, sagte Bwana Simba und faßte sich an den breitkrempigen Hut.

»Jambo«, sagte der Vater, »wollen Sie nicht absteigen?«

Bwana Simba verstand kein Deutsch, aber er begriff trotzdem. »Ich will den Tag nicht stören«, sagte er auf Suaheli und machte eine vage Bewegung zur Sonne.

»Das tust du nicht«, rief Vivians Vater ziemlich laut, weil der Gast ja noch immer auf dem Pferd saß. Auch er sprach Suaheli.

»Es ist ein guter Tag«, sagte Bwana Simba und ließ sich zur Erde gleiten. Er hinkte schwerfällig auf Vivian und ihren Vater zu. »Ich heiße Kinghorn«, sagte er, »aber alle nennen mich Bwana Simba.«

»Ich freue mich, Bwana Simba. Wie wär's mit einer Tasse Tee?«

»Gefährlich.«

»Warum?«

»Ich habe einmal eine Frau auf meiner Farm zum Tee eingeladen, und dann ist sie gleich dageblieben.«

»Lange?«

»Ich glaube zehn Jahre«, erinnerte sich Bwana Simba.

»Ich will's trotzdem versuchen«, lächelte Vivians Vater.

»Vielleicht bleib' ich auch.«

»Hoffentlich, Bwana Simba«, sagte Vivian.

»Ich hab' schon viel von dir gehört, kleine Memsahib.«

Die Trommeln hatten richtig berichtet. Dies war eine gute

Farm. Bwana Simba seufzte ein klein wenig, ohne zu wissen warum. Es war wirklich Zeit, daß er wieder mit jemandem sprach. Mit dem Boy Chai konnte er über gewisse Dinge nicht sprechen .

»Odysseus«, sagte er zum Pferd, obgleich es nicht so hieß.

»Penelope«, antwortete Vivians Vater belustigt.

»Helena«, forderte ihn sein Gast heraus und konnte nicht verhindern, daß sich seine Muskeln wie ein schußbereiter Bogen spannten.

»Paris«, überlegte der fremde, weiße Mann.

»Du kannst lesen, Bwana Warutta?«

»Ein wenig.«

»Arma virumque cano«, rezitierte der Bwana Simba.

Vivians Vater fiel ihm ins Wort und holte Vergils totgeglaubte Verse aus der Versenkung. »Troiae qui primus ab orbis«, sagte er.

Fassungslos sah Vivian ihren Vater an. In diesem Augenblick liebte sie ihn wie nie zuvor. Es stimmte nicht, was sie immer gedacht hatte. Er war nicht wie ein Kind, das von nichts wußte. Er hatte einen eigenen Zauber, und er hatte sehr lange gewartet, ehe er davon sprach.

»Du bist klug, Bwana«, stieß sie hervor, »klüger als Jogona.«

»Nur manchmal.«

»Ich glaube, jetzt ist Zeit für die Tasse Tee«, sagte Bwana Simba.

Der Tee wirkte, wie Bwana Simba es vorausgesagt hatte. Sein erster Besuch dauerte Wochen. Bwana Simba war noch auf der Farm, als Vivian zur Schule mußte, und er war wieder da, als sie in die Ferien zurückkehrte. Von Bwana Simba lernte der Vater Englisch, und die beiden

Männer brauchten sich nicht länger nur auf Suaheli zu unterhalten. Erst da erzählte er von der Frau, die so lange auf der Farm geblieben war.

»Du hast sie geheiratet?« fragte Vivian.

»Nein. Wo hätte ich heiraten sollen? Aber wir haben einige Kinder bekommen.«

»Wie viele?«

»Fünf oder sechs. Es ist schon lange her, weißt du.«

»Und?« fragte der Vater.

»Nichts«, sagte Bwana Simba, »eines Tages ist die Frau fortgelaufen. Die Kinder auch. Sie wurden mich leid.«

Das war die Umschreibung für sein ganzes Leben. Nach seiner Frau hatten die Kinder die Farm verlassen. Später liefen die Boys fort. Nur Chai und die Bücher waren dem Bwana Simba geblieben. »Erst da bin ich wirklich glücklich geworden«, erinnerte er sich.

Er liebte Afrika und begehrte nichts anderes, als das verdorrte Gras und die nächtlichen Feuer zu sehen. Das weiße Sonnenlicht und der große Regen, der die Welt verwandelte, waren ihm genug. Oft ritt er ins Tal der Nandi, deren Sprache er beherrschte und die er Vivian lehrte.

Abends, wenn Vivian schon im Bett lag, hörte sie die beiden Männer reden. Sie sprachen vom Krieg. Mit de Bruin sprach ihr Vater immer vom Krieg in Deutschland, und da wurde seine Stimme müde, und seine Worte waren traurig. Mit Bwana Simba sprach er vom Krieg in Troja, und da wich die Müdigkeit aus seinen Worten, und manchmal lachte er, obgleich er den tapferen Achill zu beweinen hatte. Vivian merkte sich alles, was sie hörte, denn sie erzählte die Geschichten Jogona, der schon längst nicht mehr von Shakespeare, sondern nur noch von Odysseus hören wollte. Es war an der Zeit, Bwana Simba zum Freund zu gewinnen, aber als Vivian am nächsten Tag davon sprechen wollte, war er im Morgengrauen nach Hause geritten.

Nie war der Tag vorauszusehen, wann er wiederkommen würde. Manchmal blieb er nur einige Stunden auf der Farm, dann wieder wochenlang. Einmal ließ er sich sechs Monate nicht sehen, und Vivian und ihr Vater dachten, er würde nie wieder kommen. Sie sprachen ohne ihn vom Krieg in Troja. Als sie an der Stelle waren, da Odysseus zu seiner Frau zurückkehrte, kam auch Bwana Simba wieder.

Neben seinem Pferd Moto, das nach dem Feuer benannt worden war, führte er ein zweites Pferd.
»Das«, sagte er zu Vivian, »ist Tembo. Er trinkt so gern das Bier, das ich aus Zuckerrohr braue. Du bist nun alt genug, ein eigenes Pferd zu haben.«

Wenn Bwana Simba auf der Farm war, ritt Vivian täglich mit ihm fort, ehe das nächtliche Geheul der Hyänen verstummte. Meistens schwiegen sie, aber ihre Augen nahmen die gleichen Dinge wahr. Sie sahen, wie sich die Sonne in den Dornenbäumen verfing und wie die Schlangen die Mittagshitze verschliefen. Flogen die Vögel mit den blau schimmernden Flügeln vorbei, ließen sie ihre Pferde anhalten, und regungslos verharrten sie, wenn eine Truppe Gazellen vorbeizog.

Bwana Simba nahm Vivian oft mit zu den Nandi. Die Männer waren hochgewachsen und rieben ihren Körper mit Lehm ein, so daß die Haut glänzte. Sie flochten ihr Haar zu kurzen Zöpfen, was ihren Kopf größer erscheinen ließ, und sie bemalten ihre Gesichter mit leuchtenden Farben. Die Frauen hatten nackte Brüste und trugen viele und schwere Ketten aus Perlen, Muscheln, Zähnen und

Knochen. Der Schmuck war so breit, daß er ihre Schultern bedeckte, und manche von ihnen trugen auch schwere Reifen um den Oberarm. Fast alle hatten sie Ketten von winzigen bunten Glasperlen, die aus den langgezogenen Ohrläppchen herunterhingen. Auch die Kinder trugen schon solche Perlen. Die Fliegen, die auf ihren Gesichtern und Armen saßen, störten sie nicht. Sie waren nicht scheu wie die Kinder der Kikuyus, sondern neugierig wie der Affe Toto, der sich bald von ihnen anfassen ließ.

Bei den Nandi lernte Vivian, das Blut einer frisch geschlachteten Gazelle zu trinken, das Männer stark und Frauen fruchtbar machte. Sie lernte auch die Worte, um einen Mann so zu verzaubern, daß er keine Augen mehr für andere Frauen hat. Sie wußte, was ein Kind zu sagen hat, wenn es ein Mann wird, und sie nahm sich in acht, daß ihr Schatten nie auf eine schwangere Frau fiel, denn das ließ das Kind sterben.

Jogona fragte oft nach den Dingen, die Vivian bei den Nandi lernte, aber sie schwieg über ihre Erlebnisse, was ihn zornig machte und seinen Großvater, den Medizinmann, erwähnen ließ.
»Der Tag ist noch nicht gekommen, um zu ihm zu gehen«, lachte Vivian dann.
Wenn sie das sagte, wurde Jogona wütend, denn es waren die Worte, die aus seinem Mund zu kommen hatten und nicht aus ihrem. Er fragte sich, was die Nandi wohl mit Vivian machten, aber er sprach nicht darüber.

Es war die letzte Stunde des Tages. Vivian und Bwana Simba waren lange bei den Nandi gewesen, hatten zu den Bergen gestarrt, ein wenig Blut getrunken und über eine Hochzeit gesprochen, die beim nächsten Mondwechsel stattfinden würde. Sie hatten ihren Rücken an der harten Baumrinde gerieben, die Kranke gesund machte, und nun waren sie zurück auf dem Weg zum Haus.

»Bwana Simba, wollen wir Freunde sein?« fragte Vivian, als die großen Ameisenhügel in Sicht kamen.

»Weißt du, was das heißt?«

»Wir müssen Erde schlucken.«

»Das müssen wir«, sagte Bwana Simba und stieg vom Pferd.

Die Nacht war nicht mehr weit, als Vivian fragte: »Wirst du immer mein Freund bleiben?«

»Du darfst nicht von Tagen sprechen, die noch nicht gekommen sind.«

»Wir haben doch zusammen Erde geschluckt.«

»Die Zeit ist so stark wie ein Elefant.«

»Warum?« begehrte Vivian auf.

Sie wollte noch einmal Sand schlucken, aber der Bwana Simba hielt sie zurück. Er legte seine Hand ganz leicht auf ihren Arm. Die Berührung war nicht viel mehr als das Kribbeln einer Ameise auf der Haut.

»Du wirst nicht immer in Afrika bleiben, kleine Memsahib.«

»Doch, immer«, lachte Vivian.

Als sie schon im Bett lag und noch einmal an den Zauber der Nandis und an den Schwur mit Bwana Simba dachte, hörte sie ihn sagen: »Es wird schwer für Vivian sein, wenn sie eines Tages von Afrika fort muß. Sie ist hier zu Hause.«

»Sie muß ihr Zuhause erst kennenlernen«, widersprach der Vater.

»Afrika läßt keinen los, Bwana Warutta.«

»Wie kannst du das sagen? Du kennst doch nur dieses

verfluchte Land. Du warst nie fort, seitdem du hergekommen bist.«

»Doch«, sagte Bwana Simba, »ich war einmal fort. Nach zwanzig Jahren bin ich nach England gefahren. Dachte, es müßte so sein.«

Die Worte knisterten wie die Flammen im Kamin. Vivian mußte lachen, weil sie sich das Gesicht ihres Vaters genau vorstellen konnte.

»Wie lange«, fragte er, »warst du fort von Afrika?«

»Drei Tage«, antwortete der Bwana Simba, »bis zum nächsten Schiff. Ich war England leid geworden, verstehst du?«

»Bei mir wird das anders sein«, hörte Vivian ihren Vater widersprechen. »Ich bin erst zu Hause, wenn ich meine Muttersprache wieder höre.«

In seiner Stimme lag ein fremder und böser Zauber, der Vivian verwirrte. Es war, als hätte der große Regen für alle Zeiten die Farm verlassen.

XIV.

Der Tag zählte weniger Stunden, als der Affe Toto Regenzeiten erlebt hatte, aber die Luft war bereits schwer genug, um die Hyänen vorzeitig in den Schlaf zurückzuschicken. Jogona stand vor dem großen Regentank am Haus und genoß die letzte Kühle und die fliehende Dunkelheit der Nacht. Er hatte nicht mehr viel Zeit, um Vivian zu sagen, daß er bald ein Mann sein würde, und er wußte es. Wenn er seinen Körper berührte, zitterten die Finger. Sein Hals war trocken und dick.

Es war alles Lüge, was die Männer nachts vor den Hütten erzählten, wenn das Lachen nur im Mund und nicht in den Augen steckte. Es war nicht gut, ein Mann zu werden – schon gar nicht für einen, der anders war als die Kinder seines Jahrgangs. Wie sollte Jogona, nur weil er zu den Männern gerufen wurde, mit einemmal all die Dinge vergessen, die viele Regenzeiten lang gut und wichtig gewesen waren?

Als er an den Wassertank klopfte, erschien ihm das Geräusch wie der plötzliche Zorn des Donners. Schmerzen, so stellte Jogona fest, hatten immer wieder ein anderes Gesicht. Nach denen, die in seinem Kopf dröhnten, konnte er nicht greifen. Er hatte gedacht, er würde lange auf Vivian warten müssen, denn es war ja noch dunkel, und er kam überraschend. Als er aber das letzte Mal gegen den Wassertank schlug, trat Vivian bereits aus dem Haus.

Die Art, wie sie den Kopf hielt, verriet Jogona, daß auch sie der Ruf des Medizinmannes erreicht hatte. Trotzdem sagte er: »Der Muchau wartet auf uns.«

Seine Stimme war zu dunkel und klang, als müßte sie einen Verlust beklagen. Das ärgerte Jogona. Er fürchtete, Vivian würde nun vor der Zeit Fragen stellen, aber er hatte sich getäuscht.

»Ich weiß«, antwortete sie, und auch ihre Stimme war von dieser neuen, leisen Trauer erfüllt. Sie hielt Jogona eine Mangofrucht hin. Einen kurzen Augenblick, der nicht länger als der Flügelschlag eines Vogels währte, berührten sich ihre Hände, und es war, als seien beide noch Kinder.

Jogona kostete den Geschmack der vielen Regenzeiten, die hinter ihm lagen, aber er konnte nicht davon sprechen, solange das Geheimnis in ihm brannte. Wortlos machte er sich bereit, mit Vivian zu der Hütte jenseits des Waldes zu gehen.

Es würde ein heißer Tag werden. Er würde ohne Anfang und ohne Ende sein. Während die Sonne die Worte im Munde verbrennen ließ, würde dieser Tag mit offenen Augen schlafen und viel später wie ein Dieb in der Nacht zurückschleichen, um das zu stehlen, was er schon längst bekommen hatte. Jogona beobachtete, wie seine Füße beim Laufen das Gras teilten. Er suchte den Himmel nach einem verspäteten Stern ab, aber die Sonne fing schon an, die Wolken zu verfärben, und schneller als je zuvor rannte er los. Vivian konnte ihm kaum folgen, aber noch immer stellte sie nicht die gefürchtete Frage. Erst als der Wald hinter ihnen nicht größer als eine Hand war, blieben die Kinder erschöpft stehen.

Vivian hielt Jogona die Mangofrucht hin, die er am Haus nicht hatte nehmen wollen. Diesmal griff er danach und begann sofort, an der grünen Schale zu reißen. Die Mango war noch nicht ganz reif, und Jogona hatte viel Mühe, mit den Zähnen durchzukommen. Er mußte die ganze Frucht in den Mund nehmen und sah dabei aus wie ein Krokodil. Es fiel Jogona auf, daß Vivian nicht lachte. Sein Herz klopfte. Schließlich war er so weit, daß er die besten Stücke wieder ausspucken konnte. Er trocknete das gelbe Fruchtfleisch an der Hose und reichte Vivian einen Teil davon.

»Schmeckt nach Sonne«, sagte sie, doch Jogona fiel keine Antwort ein. Auf Worte, die so wenig zu greifen waren wie eine Schlange, wußte er keine Erwiderung. So zog er nur das Hemd aus, um den letzten Rest des kühlen Mangosafts auf der Haut zu fühlen.

»Ich auch«, sagte Vivian. Sie streifte ihre Bluse ab, band sie um die Taille und flüsterte »Jogona« in einem Ton, als würde sie den Namen zum ersten Mal aussprechen.

Noch nie war ihm Vivians Haut, die vor seinen Augen tanzte, bis ihm schwindelte, so weiß vorgekommen. Er ließ sich wie ein vom Pfeil getroffener Mann zu Boden fallen und wartete, bis die zuckenden Blitze verschwanden, die aus seinem Kopf schossen.
»Ich gehe zur Daheri«, erklärte er und war froh, daß er es endlich gesagt hatte.

»Du mußt zur Beschneidung«, wiederholte Vivian und setzte sich neben Jogona. Sie versuchte, ihre Augen nicht zu bewegen, aber sie brannten bereits und waren voll von einem Schmerz, der den ganzen Körper erfaßte. Nur, um ihre Stimme wieder fest zu machen und das Zittern aus ihren Händen zu vertreiben, wiederholte Vivian noch einmal das Wort, das Trennung bedeutete.
»Daheri«, flüsterte sie. Es klang wie ein Abschied, als sie sagte: »Jetzt wirst du ein Mann.«
»Die Zeit ist gekommen.«
»Jogona, du hast noch nicht genug Regenzeiten gesehen.«
»Du weißt, daß ich genug Regenzeiten gesehen habe.«
»Aber ich will es nicht wissen.«
»Danach fragt niemand«, schluckte Jogona.

Die Worte lauerten in der Luft wie Geier, die ein sterbendes Tier entdeckt haben. Vivian dachte an die vielen Tage, da sie mit Jogona versteckt im Gras gelegen hatte, um die Männer zu belauschen, wenn sie über die Beschneidung sprachen. Mit dreizehn Jahren wurden die Knaben zur

Beschneidung geführt. Sie wurden in weiße Tücher gehüllt und preßten ihre Zähne zusammen, um den Schmerz zu verschlucken. Im Schein der Feuer hatten die Männer vom Messer gesprochen und vom Blut, das langsam in die Erde zu rinnen hatte.

»Warum du, Jogona?« fragte Vivian. Sie schämte sich, weil sie wie ein Kind sprach.

»Ich muß sein wie alle«, antwortete Jogona, aber auch er schämte sich, weil seine Stimme noch nicht fest war wie die eines Mannes und weil er keine Freude im Herzen fühlte.

Nach der Beschneidung wurden die Tage anders. Die Scherze waren nicht mehr die gleichen, und die Männer vergaßen die Spiele der Kinder. So wie eine Gazelle vergessen wurde, die sich das Bein gebrochen hat und von der Herde im Stich gelassen wird. Jogona würde von dem Tag der Daheri ab nachts zwischen den Männern sitzen. Wenn er lachte, würde seine Stimme rauh sein, und neue Aufgaben würden auf ihn warten.

Vivian versuchte, sich die Tage vorzustellen, die nun kommen würden, aber die Bilder waren noch zu dunkel, und sie konnte nicht darüber sprechen. So sagte sie nur: »Gehen wir wegen der Beschneidung heute zum Muchau?«

Jogona machte eine unbestimmte Bewegung und ein Geräusch, das kein Wort aus seinem Mund ließ. Damit wollte er andeuten, daß alles nicht so wichtig war. »Wenn ich erst Daheri bin«, erklärte er, »habe ich nicht mehr viel Zeit, um mit Kindern herumzulaufen.«

Er sprach das Wort Kinder auf eine neue Art aus. »Ich verstehe«, seufzte Vivian. Sie beobachteten, wie die Schatten auf ihrer Brust tanzten, und hastig zog sie ihre Bluse an.

»Du wirst dich mit der Mango schmutzig machen, du Affe«, johlte Jogona, und plötzlich war seine Stimme wie immer.

»Ich werde mich schmutzig machen, du Freund eines Affen«, schrie Vivian zurück.

»Weshalb hast du dein Hemd wieder angezogen?«

»Ich weiß es nicht«, log Vivian und wandte sich ab.

»Affen wissen nie etwas.«

»Nein, Affen wissen nie etwas«, lachte Vivian. Die dunklen Bilder von den Tagen, die auf sie lauerten, schwanden wie die letzten Wolken vom Morgenhimmel.

Erst als die Hütten der Nandi auftauchten und Jogonas Augen klein wurden, was immer ein Zeichen dafür war, daß er sich ärgerte, sprach Vivian wieder. Jogona hatte sie oft nach den Geheimnissen und Zaubersprüchen der Nandi gefragt, und immer hatte sie sich geweigert, ihm davon zu erzählen. Jetzt war die Zeit gekommen. Dann würde er seine Beschneidung vergessen. Da endlich würde er anders sein als die Kinder seines Jahrgangs.

»Ich werde dir die Stelle zeigen, wo sich die Nandi mit Lehm einreiben und Blut trinken«, lockte sie und fühlte sich stark.

»Es ist zu spät«, antwortete Jogona und zog Vivian weiter, »sie mögen keine Fremden.«

»Ich bin keine Fremde.«

»Bist du eine Nandifrau?« fragte Jogona, blieb stehen und hatte viel Spott in den Augen.

»Ich weiß alles von den Nandi«, erklärte Vivian, und sie sah befriedigt zu, wie Jogonas Augen sich nun mit Zorn füllten. »Du gehst immer mit dem Bwana Simba zu den Nandi«, stellte er fest und tat so, als hätte er es eben erst erfahren.

»Ja«, lachte Vivian, »und wenn du erst Daheri bist, gehe ich noch viel mehr hin. Bei den Nandi haben die Männer viel Zeit.«

Jogona tat, als müßte er sich ihre Worte gut überlegen. Er hielt den Kopf schief und scharrte mit seinen nackten Füßen wie ein Huhn, das nach Futter sucht. »Du bist nicht wie eine Weiße«, sagte er schließlich.

»Bin ich wie du?«

»Du redest zuviel«, seufzte Jogona, »alle Frauen reden zuviel.«

Der Berg in der Ferne war groß und dunkel. Nur die in der Sonne glänzende Spitze war klar. Man erzählte sich, daß der schweigende Gott Mungo auf der anderen Seite wohnte. Einsam stand eine Dornakazie in der weiten Steppe.

»Mungo hat sie gepflanzt«, sagte Vivian.

»Nein, der Wind hat ihren Samen hierher geweht«, widersprach Jogona, und Vivian wagte keine Erwiderung mehr.

Unter dem Baum graste eine Herde Zebras. Die jungen Tiere schrien hungrig, wenn die älteren sie von den kargen Pflanzen wegstießen. Auf den dürren, blattlosen Ästen hockten Geier. Vivian suchte die Erde nach Spuren ab, aber nirgends fand sie ein Zeichen dafür, daß einer vor ihr den Weg gegangen war. Der Wald, der nun hinter ihr lag, wirkte wie ein schmaler Schatten.

Jogona hatte winzige Schweißperlen auf der Nase. Sie machten seine Haut silbern. Keuchend ging sein Atem. Es war das einzige Geräusch dieses windstillen Tages, der nun endlich zur Ruhe gekommen war.

»Du hast recht«, erklärte Vivian, »es ist gut, wenn man nichts sagt.«

»Weshalb sprichst du dann schon wieder?«

»Alle Frauen reden zuviel.«

Wie immer, erkannte Jogona seine eigenen Worte nicht. »Ja«, bestätigte er, »so ist es.« Er sah Vivian mit dem Spott eines Mannes an, der einem nach Wasser schreienden Kind erst den Fluß zeigen muß.

»Wir sind da«, sagte er.

»Wo sind wir?«

»Beim Muchau.«

»Nein«, schrie Vivian. Die Angst stieg in ihr hoch, und sie warf sich zu Boden, wie es Jogona am Morgen getan hatte, doch sie begriff, daß die Erde ihr ihre Schritte nicht wieder zurückgeben würde, und sie schämte sich.

»Siehst du denn nicht seine Hütte?« fragte Jogona und zog Vivian hoch.

»Jogona«, wehrte sich Vivian, »wir sind sehr lange gelaufen. Als wir fortgingen, heulten die Hyänen noch.«

»Ich weiß.«

»Und jetzt hat die Sonne ihre Schatten gefressen.«

»Warum sagst du das alles?«

»Weil ich nichts gemerkt habe«, wunderte sich Vivian. »Ich habe den Muchau nicht erkannt. Ich habe seine Hütte nicht gesehen.«

»Du wirst nie das finden, was du suchst«, sagte Jogona, aber er holte den Spott aus seinen Worten, ehe er sie aussprach.

»Warum, Jogona, warum?«

»Weißt du es denn nicht? Du hast keine Augen.«

Vivian wollte ihm antworten, aber sie spürte, daß er recht hatte. Jogona hatte lange gezögert, ehe er sich auf den Weg zum Medizinmann gemacht hatte, aber er hatte sofort erkannt, wann er ans Ziel gekommen war. Er war klug und fast schon ein Mann. Vivian wäre gern mit ihm umgekehrt, um auf den Abend zu warten. Sie wollte nicht mehr zum Muchau. Sie wollte mit Jogona unter dem Dornenbaum in der Nähe des Hauses sitzen. Sie wollte ihn reden hören und noch einmal zum Schwur der Freundschaft mit ihm Erde essen. Alles aber war anders geworden, seitdem er von seiner Beschneidung gesprochen hatte.

»Komm, Memsahib kidogo«, drängte Jogona. Zum ersten Mal gebrauchte er die Anrede, die alle außer ihm auf der Farm schon lange im Mund hatten. Vivian fiel es sofort auf, und sie wunderte sich, daß die Worte sie schmerzten.
»Ich will nicht mehr hin, Jogona.«
»Du willst hin, aber du hast Angst.«
»Ja, ich habe Angst. Es dreht sich alles.«
»Ich weiß«, sagte Jogona. Seine Stimme war sanft. Zum ersten Mal war seine Stimme so weich wie eine Nacht, die nach der Hitze des Tages den Regen kosten darf.

Der alte Muchau hockte mit gekreuzten Beinen auf der Erde. Seine Haut wirkte wie ganz dünne Büffelhaut. Sie hatte die Farbe von Sand. Der Schädel war kahl und klein und von Fliegen übersät. Die dünnen Arme traten wie Äste eines abgestorbenen Baumes unter dem langen schwarz-weißen Affenfell hervor, das um seine Schultern lag. Der Medizinmann war älter als je ein Mensch, den Vivian gesehen hatte. Auf seiner Stirn glänzten tiefe, mit weißer Farbe ausgeschmierte Narben. Die halbgeschlossenen Augen waren von weißen Kreisen umrandet. Mit seinen nackten Zehen berührte der Muchau den Kopf einer toten Ziege. Große, schwarze Fliegen summten um das Blut.

Aus der Kehle des Muchau gurgelten heisere Laute. Er schwang seinen Oberkörper mit weichen, langsamen Bewegungen von der einen Seite zur anderen und schlug sich jedesmal meckernd auf den nackten Leib, wenn ihm das Affenfell von den Schultern rutschte. Vivian mußte an die Fröhlichkeit der Nandi denken und schluckte fest, um den Widerwillen beim Anblick des Muchau nicht in ihre Augen zu lassen.
»Wir sind gekommen«, sagte Jogona auf Kikuyu.
»Eeeh«, erwiderte der Muchau und spuckte auf die Erde, »eeeh«, meckerte er. Er sah Vivian und Jogona an, schloß die Augen und öffnete sie wieder, doch er sagte kein Wort. Mit einer Handbewegung forderte er die Kinder auf, sich neben ihn zu setzen. Vivian fühlte, wie der Ekel von ihr abfiel. Der Muchau war klug. Hätte Jogona sie sonst zu ihm geführt? Nach einer langen Zeit des Schweigens sang der alte Mann das Lied vom Fluß, der sich aufmachte, um die Sonne zu suchen und dann am Fieber gestorben war. Wenn der Muchau Vivians Beine berührte, war seine Hand heiß und trocken wie der sterbende Fluß.

Der Tag verrann, während die Sonne das Blut der toten Ziege schwarz färbte. Die Fliegen summten nicht mehr. In der Ferne sah man die Zebras erschöpft in der Sonne liegen.
»Was«, fragte der Muchau endlich, »wollt ihr von mir?«

Seine Worte machten Vivian wach. Sie fühlte, daß das Leben in ihre Glieder zurückkam, ihr Herz schneller schlug und der Kopf klar wurde. Der Muchau war groß und gut und stark. Sie griff nach seiner knochigen Hand, die so leicht war wie die Steine am Fluß, und der alte Mann ließ es geschehen.

Vivian dachte an ihren Vater. Nur der Muchau konnte ihm helfen, konnte ihm die verlorene Heimat wiederbringen, von der er immer sprach. Sie überlegte angestrengt, wie sie das dem Muchau klarmachen sollte. Weder in Kikuyu noch in Suaheli gab es ein Wort für »Heimat«. Sie konnte dem Muchau nichts von den Träumen ihres Vaters erzählen, und mit einemmal verschwand auch das Gesicht ihres Vaters aus ihren Gedanken. Sie wußte nur noch eins: Jogona würde bald ein Mann werden.

»Ich will hören, wie man Freunde behält«, sagte Vivian. Noch ehe sie fertig sprach, merkte sie, daß sie die Sache ihres Vaters verraten hatte. Sie hatte nicht mehr an das Lachen gedacht, das sie auf sein Gesicht zurückzaubern wollte. Sie hatte an die Nandi, an den Bwana Simba und an Jogonas Beschneidung gedacht, aber nicht an Deutschland, wohin ihr Vater wollte.

Beklommen versuchte Vivian die Gedanken zurückzuholen, die aus ihrem Kopf geflüchtet waren, aber sie wußte, daß sie auf immer die Gelegenheit verspielt hatte, ihren Vater glücklich zu machen. Nie würde sie zum Medizinmann zurückkehren. Jogona würde sich nicht noch einmal mit ihr auf den Weg machen.

»Was willst du wissen?« spuckte der Muchau.
»Ich will wissen, wie man Freunde behält«, sagte Vivian. Sie schämte sich nicht mehr. War nicht Odysseus, von dem ihr Vater so gern sprach, glücklich geworden auf seinen Reisen?

»Es ist schwer mit Freunden«, sagte der Muchau.
»Du bist klug«, erkannte Vivian.
»Was hast du mir mitgebracht?«
»Nichts«, erklärte Jogona hastig, »wir wollten dich nur sehen. Hier, die weiße Memsahib wollte dich sehen. Du bist klüger als der weiße Gott. Deshalb wollten wir dich sehen.«

Vivians Bewunderung für Jogona war mächtig. Immer fand er die richtigen Worte. Er ging stets den Weg, der vor seinen Füßen lag. Das Ziel, das seine Hände nicht fassen konnten, fand er mit den Augen. Jogona hatte Vivian vergessen lassen, was ihrem Vater wichtig war. Es war gut so, denn Jogona hatte immer recht. Sie berührte vorsichtig seine Hand, und er stand auf und zog sie hoch. Schweigend standen beide vor dem alten Mann.

Der Muchau hatte mehr Regenzeiten erlebt, als er zählen konnte. Er war klug und schweigsam, und alle wußten, wie klug er war. Was immer er tat, wurde gutgeheißen. Er stellte das Gift her, um Böses zu vertreiben, und Medizin für die Kranken. Er kannte keinen Zweifel an seiner Macht. Was seine Väter vor ihm getan hatten, tat auch er. Vor seinen Vätern aber hatte nie ein weißes Kind mit dem Körper eines Mädchens und den Augen einer Frau gestanden.

Der Anblick von Jogona und Vivian, die so dicht beieinander standen, daß sie wie ein einziges Zebra aussahen, ließ den Muchau ein ihm bis dahin fremdes Gefühl der Trauer empfinden. Ihm war, als würden die Bäume im Tal kleiner und der Himmel dunkler werden, und obgleich es Tag war, vermeinte er die Hyänen zu hören.

»Kann man Freunde behalten?« fragte Vivian zum dritten Mal.

»Ja«, erwiderte der Muchau. Zum ersten Mal in seinem Leben aber suchte er nicht nach einem Zauber, denn er begriff, daß alles gut sein würde, was immer er auch sagte. Die Erkenntnis erheiterte ihn.

»Ja«, wiederholte er, »man kann Freunde behalten, wenn man zum Muchau kommt.« Er lachte, und sein Blick wanderte hin und her zwischen Jogona und Vivian.

Er tat, als sei die Zeremonie fest vorgeschrieben, als er aufstand, in seine Hütte ging und mit einer ausgehöhlten Kürbisfrucht zurückkam, wie sie die Frauen beim Wasserholen benutzten. Das Gefäß glänzte in der Sonne. Der Muchau füllte es mit Blut.

»Das Blut ist noch warm«, sagte er und deutete auf die Ziege.

Jogona schüttelte ganz unmerklich seinen Kopf. Vivian sah es und verschluckte die Freude in ihren Augen. Jogona war nicht gewohnt, Blut zu trinken. Kein Kikuyu war es. Sie aber hatte bei den Nandi gelernt, wie man das Blut die Kehle herunterfließen ließ und wie weich und süß seine Wärme war. Sie nahm Jogona das Gefäß aus der Hand und trank in gierigen Zügen. Dann warf sie ihren Kopf zurück, daß die Sonne sie blendete, und fühlte eine schwere, gute Müdigkeit in ihrem Körper hochsteigen.

Die Nasenflügel des Muchau bebten. Sein Gesicht war bunt wie jene Vögel, die nur glückliche Menschen sehen konnten. Seine Haut war nicht mehr dünn und gelb wie Sand, sondern glänzend und die eines jungen Mannes. Sie roch nach Regen, obwohl der Tag heiß war. Vivian dachte an den fernen Tag, als sie mit Jogona im Gras gelegen hatte und sein Bruder geboren wurde. Dann warf sie der

Muchau zu Boden und befahl ihr, das Blut aus ihrem Körper herauszuwürgen. Sie sah, wie es in die harte Erde eindrang, und sie fühlte sich stark und unverletzlich.

Der Muchau trennte einige Haare aus dem Ziegenfell, band sie zu einem kleinen Büschel und gab es Vivian.

»Hier«, sagte er, »wenn du einen Freund behalten willst, dann mußt du sein Gesicht mit diesen Haaren berühren.«

Vivian wollte dem Muchau sagen, was er für sie getan hatte. Eine Menge schöner Worte fielen ihr ein, die ihm bestimmt gefallen hätten, aber er hockte schon wieder vor seiner Hütte und sang.

»Komm«, keuchte Jogona und sah sich voller Furcht um, »wir müssen schnell fort von hier.« Er rannte los, wie am Morgen, als würde ein Leopard ein Löwenjunges jagen.

Erst als das trockene Flußbett in Sicht kam, blieb Jogona stehen. Er rieb sich die Füße an der harten Erde und wischte sich die Schweißperlen von der Stirn.

»Warum hast du dein Hemd wieder ausgezogen?« fragte er.

»Ich weiß es nicht«, log Vivian. Sie trat ganz dicht auf Jogona zu. Es sah aus, als hätte sie ihm etwas mitzuteilen, das noch nicht einmal die Bäume hören sollten, aber sie sagte nichts. Sanft strich sie mit dem Ziegenhaar über sein Gesicht.

Jogona tat, als hätte er nichts gemerkt. »Du weißt nicht, weshalb du dein Hemd wieder ausgezogen hast«, wiederholte er.

»Ich hab' die Sonne gern auf meiner Haut.«

»Ich auch«, lachte Jogona, »ich auch.« Er band den Strick von seinen Hüften los, warf seine Hose in die Luft und rannte nackt wie ein schwarzer Pfeil auf die Farm zu.

XV.

Das Leben hatte sich verändert wie nie zuvor. Jogona war verschwunden und der Krieg zu Ende. Als Vivian von der Schule nach Hause kam, hieß es, Jogona sei zur Beschneidung gegangen, aber er kehrte nicht auf die Farm zurück, wie es die meisten jungen Männer taten. Niemand wußte, ob die Beschneidung überhaupt schon stattgefunden hatte. »Vielleicht morgen«, pflegte Kamau zu sagen, wenn Vivian mit ihm darüber sprach. In seinen Augen war viel Schadenfreude, und Vivian tat ihm den Gefallen, sich darüber zu ärgern. Kamau hatte es nie gern gesehen, daß Jogona eine Sonderstellung auf der Farm genoß und ins Haus kommen durfte, sooft er wollte.

»Vielleicht sucht er sich einen neuen Bwana«, sagte er mehr als einmal, und diese Andeutung, die so gut zu der Ungewißheit paßte wie die Flecken zum Leoparden, machte Vivian besonders wütend.

Mit ihrem Vater konnte Vivian nicht über Jogona sprechen. Seitdem der Krieg zu Ende war, hatte der Vater überhaupt keinen Sinn mehr für die Dinge, die wirklich wichtig waren. Ob de Bruin von der nächsten Ernte sprach oder Choroni eine Kuh krank meldete, der Vater sagte stets »Bald sind wir zu Hause«, und sein Gesicht wirkte dabei, als hätte er endlich die Zauberformel gefunden, nach der er so lange gesucht hatte.

Dieser eine Satz hatte alles anders gemacht auf der Farm. Das erste Mal hatte der Vater auf dem Weg zur Flachsfabrik von zu Hause gesprochen. Vivian hatte zunächst nicht begriffen. Sie hatte gerade an Jogona gedacht und wie lang die Tage ohne ihn waren, und sie hatte angenommen, der Vater wollte den Weg abkürzen und schneller nach Hause gehen als sonst. Erst an seinem Gelächter, das auf einmal ganz anders geklungen hatte als sonst, hatte sie gemerkt, daß er von Deutschland sprach, wenn er zu Hause sagte.

»Bald wird der große Regen hier sein«, hatte sie geantwortet, um den Vater daran zu erinnern, daß man nicht von Tagen zu reden hatte, die noch nicht gekommen waren.

»Es wird unser letzter großer Regen sein«, hatte der Vater geantwortet.

Damals begriff Vivian, daß die Rede von der Heimkehr nach Deutschland kein neues Spiel war, wie sie zuerst gehofft und dann so sehr gewünscht hatte. Es war nie ein Spiel gewesen, wenn ihr Vater davon sprach, daß er nicht in Afrika bleiben wollte, aber sie hatte es zu spät gemerkt. Sie war noch ein Kind gewesen, und Jogona hatte recht. Sie schlief auf den Augen.

Vivian dachte noch oft an den Besuch beim Medizinmann. Er hatte ihr den Wunsch erfüllt, den sie gar nicht ausgesprochen hatte. Die Trauer war aus den Augen ihres Vaters verschwunden, wenn er von Deutschland sprach. Die Lieder, die er nun sang, klangen anders als zuvor. Weil Vivian ihren Vater liebte und an seinem Kummer gelitten hatte, schämte sie sich sehr, daß sie nun seine neue Fröhlichkeit nicht teilen konnte. In ihrem Herzen aber zürnte sie dem Medizinmann, der den Krieg beendet hatte. Ihr Vater war glücklich geworden und sie traurig. Auch hatte sie nicht ihren Freund behalten, wie der Medizinmann versprochen hatte. Jogona war ohne ein Wort von ihr gegangen.

Es war die Nacht, in der der große Regen einsetzte. Die Hunde hatten sich noch nicht an den veränderten Klang der Geräusche gewöhnt und klagten laut. Vivian kannte diese Unruhe. Sie machte sich bereit, in die Nacht hinauszulaufen und das Gefühl der Entwurzelung mit den Tieren zu teilen. Als sie die ersten Regentropfen auf der Haut fühlte und das vertraute Gefühl der Belebung genoß, wurde ihr bewußt, daß sie dieses geliebte Gefühl der Verwandlung wohl zum letzten Mal erleben durfte.

Seufzend zog Vivian ihren Mantel über das Nachthemd, schlüpfte in die Gummistiefel und suchte, ob sie das Ziegenhaar in der Tasche hatte. Sie zögerte, die schützende Umgebung des Hauses zu verlassen, denn sie hatte die erste Nacht des großen Regens nie ohne Jogona verbracht. Dann aber wehte das aufgeregte Gelächter vor den Hütten zu ihr hinüber. Sie hatte diesen nächtlichen Stimmen nie widerstehen können, und sie trat in die Dunkelheit hinaus. Vivian spürte den Wind auf ihren trockenen Lippen und merkte, wie der alte Zauber der ersten Regennacht von ihr Besitz ergriff. Die weich gewordene Erde gab unter ihren schweren Schuhen nach. Ihr war es, als habe sie länger als sonst auf diese Nacht gewartet und als würde etwas sehr Wichtiges geschehen, aber der Gedanke war noch so unbestimmt wie der erste Laut eines neugeborenen Kalbs.

Im Schatten, den die Hauswand im Mondlicht auf das Gras warf, stand eine von Kopf bis Fuß in einen weißen

Umhang gehüllte Gestalt. Sie kam langsam auf Vivian zu. Die Bewegungen glichen denen einer jagenden Katze, die die Beute erspäht hat, aber noch nicht zum Fang bereit ist. Im weißen Licht wirkte der kahle Schädel der fremden Gestalt wie eine große Kugel, und die Augen im Gesicht waren ganz hell, als seien sie von innen erleuchtet. Vivian erkannte die Augen sofort.

»Jogona«, sagte sie unbeholfen, »du bist wiedergekommen.« Sie wollte auf ihn zugehen, aber noch waren ihre Beine zu schwer. Statt dessen streichelte sie verlegen den Hund, der winselnd an ihr hochsprang.

»Du mußt keine Angst haben, Polepole«, sagte sie und suchte in dem nassen Fell jene Sicherheit, die das Gewohnte ihr immer gab. Sie wartete, bis der Hund die Tränen weggeleckt hatte, die ihr über das Gesicht rannen.

Jogona stand regungslos vor dem Wassertank. Er hatte die Arme unter dem Umhang ausgestreckt und wirkte wie eine Fledermaus. Vivian hatte ihn noch nie völlig bekleidet gesehen, und der Anblick machte sie erneut verlegen.

»Du bist wieder da«, murmelte sie benommen, »du bist am Tag gegangen und in der Nacht zurückgekehrt.«

Ihr Vater hatte recht. Es war gut, eine Angelegenheit erst einmal deutlich zu schildern und die Dinge auszusprechen. Eines Tages würde sie schweigen können, wie Jogona sie gelehrt hatte. Bis dahin aber war es gut, mit Worten zu spielen. Vivian lief auf Jogona zu, ließ den rauhen Stoff seines Umhangs durch die Finger gleiten und wußte Bescheid. Es gab keine Fragen mehr. Seufzend trat sie einen Schritt zurück.

»Du weißt es?« fragte Jogona.

»Ich weiß es«, flüsterte Vivian.

»Daheri«, sagte Jogona trotzdem und zog das weiße Tuch fest um seine Hüften.

»Du bist zur Beschneidung gegangen, Jogona.« Es war viel Ehrfurcht in Vivians Stimme, aber noch stärker spürte sie die Trauer.

»Weißt du noch«, lächelte Jogona, »wie wir als Kinder Erde geschluckt haben?« Doch er ließ das Lächeln sofort wieder aus seinem Gesicht verschwinden. Es war, als schämte er sich seiner Erinnerungen an diesem wichtigen Tag seines Lebens.

»Als Kinder haben wir Erde geschluckt«, wiederholte Vivian und zählte in Gedanken die Regenzeiten auf, die seither vergangen waren. »Jetzt bist du ein Mann«, sagte sie.

Jogona hielt den Kopf gesenkt. »Heute nicht, erst morgen«, antwortete er.

Er beugte sich zur Erde herunter und nahm eine Handvoll Schlamm auf, wartete, bis Vivian das gleiche tat, und fuhr dann fort: »Damals hast du gesagt: ›Jogona, ich bin dein Freund!‹ Ja, so war es«, kaute er und trank seine eigenen Worte wie die Erde den Regen.

»Rafiki«, bestätigte Vivian. Das Wort für Freund kitzelte ihre Zunge. Sie wollte Jogona fragen, weshalb er erst am nächsten Tag ein Mann werden würde und was ihn in der Nacht der Beschneidung zu ihr getrieben hatte, aber sie schwieg. Jogona würde nicht antworten. Noch nicht. Vielleicht nie mehr.

»Heute morgen sind wir beschnitten worden«, sagte er.

»Hat es weh getan?«

»Ich habe nicht danach gefragt.«

»Du fragst nie, Jogona.«

»So ist es«, bestätigte er, »aber du fragst immer.« Diesmal lächelte er, ohne sich zu schämen. »Die anderen Knaben meines Jahrgangs haben viel getrunken«, sagte er.

Die alte Verachtung, die Jogona schon immer für seine Stammesgenossen empfunden hatte, gaben seinen Worten die Schärfe eines neuen Messers. Vivian erinnerte sich der lauten Feiern in der Nacht der Beschneidung. Wie oft hatte sie mit Jogona im Gras gelegen und die Reden belauscht! Sie hatten aus ihrem Versteck zugeschaut, wie die alten und jungen Männer um das Feuer saßen und aus langem Zuckerrohr das frisch gebraute Tembo tranken. Erst im Morgengrauen hatten sich alle betäubt niedergelegt.

»Du hast nicht getrunken, Jogona.«

»Ich wollte zu dir.«

»Zu mir?«

»Ja«, erklärte Jogona mißmutig, »ich versteh' es auch nicht. Meine Beine wollten zu dir.« Er machte eine Handbewegung, um Vivian an einer Antwort zu hindern. »Niemand hat mich gesehen. Als ich fortging, schliefen alle noch. In diesem Jahr haben sie viel mehr getrunken als früher.«

»Woher wußtest du, daß ich vor dem Haus war?« fragte Vivian leise.

»Ich wußte es.«

»Aber ich habe doch keine Augen, Jogona. Das hast du doch so oft gesagt.«

»Manchmal doch«, gestand er widerstrebend, »manchmal doch.« Er spuckte eine Rose an, die kurz vor der Blüte stand. »Komm, jetzt hast du genug geredet.«

»Wohin gehen wir?«

»Wir laufen durch die Felder«, lachte Jogona. »Nicht morgen. Heute.«

»Nicht morgen, heute«, jubelte Vivian, aber Jogona hielt ihr den Mund zu. Seine Hand brannte wie Feuer.

Er rannte mitten durch die nassen Stauden in die Maisfelder. Gelegentlich riß er eines der großen Blätter ab, warf es in die Luft und blieb keuchend am Ameisenhügel stehen. Den Kopf hielt er wie ein Marabu. Das war bei Jogona schon immer ein Zeichen der Trauer gewesen, und Vivian wurde so unsicher, daß sie stolperte.

»Wir haben viel Zeit«, sagte Jogona vorwurfsvoll und fing sie auf, »der Morgen ist noch lange nicht gekommen. Weiter«, drängte er, »wir laufen, bis wir die Hunde nicht mehr hören können.«

Er hielt erst wieder an einer umgestürzten Zeder an, stellte die Lampe ab und drehte den Docht so weit zurück, daß nur eine schwache Flamme die Dunkelheit erhellte.

»Es ist genug«, sagte er, »du kannst anfangen.«
»Womit?«
»Mit Erzählen.«
»Ich«, johlte Vivian, »soll dir erzählen? Wie einem Kind soll ich dir erzählen?«

Sie erwartete Jogonas Widerspruch und machte sich zum vertrauten Spiel bereit, aber er sagte nur »Ja« und sprach das eine Wort mit solcher Bestimmtheit aus, daß das Echo scharf von den Bergen zurückkam.

Verwirrt zog Vivian ihren Mantel aus. Es war nicht gut, ein Echo in der Nacht zu hören. Das machten nur Diebe, die die Tage stehlen wollten.

»Was machst du da?« wollte Jogona wissen und stieß den Mantel mit dem Fuß an.

»Ich wollte das nasse Holz fühlen«, erklärte Vivian und zog ihr langes weißes Nachthemd fester um sich.

»Du siehst aus wie ein Mann nach der Beschneidung«, staunte Jogona. Er deutete auf seinen weißen Umhang.

»Aber ich bin kein Mann.«

»Heute abend«, erklärte Jogona und zog Vivian die Gummistiefel von den Füßen, »sind wir beide gleich. Du brauchst keine Schuhe. Seit wann läufst du in Schuhen im Regen?«

»Ich wußte doch nicht, daß du kommen würdest«, erinnerte ihn Vivian.

Jogona schüttelte den Kopf. »Fang endlich an. Ich hab' nur Zeit, bis die Sonne kommt.«

Vivian spürte einen schneidenden Schmerz, der ihren Körper erst heiß und dann kalt machte. Sie wollte es Jogona sagen, aber sie wußte nicht wie.

»Ich kenne ein Volk mit vielen Medizinmännern«, erklärte sie statt dessen.

»Kikuyus?«

»Nein, Weiße.«

»Weiße Muchaus?« zweifelte Jogona.

»Ja«, kaute Vivian mit Genuß. »Es gab einen Medizinmann, der den Donner kommen ließ, und einen, der Wasser in die Flüsse brachte. Für eine gute Ernte sorgte eine Frau. Sie hieß Ceres. Sie ließ den Mais wachsen.«

»Seres«, wiederholte Jogona.

»Ceres«, verbesserte Vivian. Die Vertrautheit des alten Spiels, die Erinnerung an die Tage, die nicht mehr waren, belebten sie.

Sie vergaß, daß diese Nacht den Abschied bringen würde. Sie erlebte noch einmal ihre erste Begegnung mit Jogona, wußte noch, wie er sie damals lachend verbessert hatte.

Später hatte sie es ebenso getan. Damals war der Zauber ganz stark und trotzdem nicht schwerer als ein Sonnenstrahl gewesen.

Sorgfältig wählte Vivian ihre Worte, um die Geschichte von Ceres und deren Tochter Persephone so spannend wie möglich zu machen. Sie erzählte von der Verschleppung in die Unterwelt und der Heimkehr zur Mutter. Manchmal sprach sie Suaheli, dann wieder Kikuyu und wartete gespannt, daß Jogona sie in den Pausen zum Weitererzählen drängte. Der aber saß regungslos auf dem Baumstamm und starrte in die Ferne. Auch er wußte, daß die Tage nicht wiederkehren würden.

»Es ist soweit«, sagte Vivian schließlich.
»Was?«
»Ich bin fertig. Es gibt nichts mehr zu sagen.«
»Das geht nicht«, protestierte Jogona, »ich muß von den anderen weißen Medizinmännern hören. Heute nacht mußt du mir alles erzählen, was du weißt.«
»Gut«, meinte Vivian, »du willst es so.«

Sie erzählte vom Götterboten Hermes, der Flügel an den Schuhen trug, und von der Göttin Venus und ihrem Sohn.
»Er hieß Amor.«
»Amos«, bestätigte Jogona.
»Nein, Amor. Er war der Medizinmann für Freunde.«
»Dafür gab es einen Medizinmann? Ließ er die Leute Blut trinken und Erde schlucken?«
»Nein, er hatte Pfeil und Bogen.«
Jogona war enttäuscht. »Ein Nandi«, erklärte er herablassend, »ein dreckiger Nandi.«
»Er war kein Nandi«, beharrte Vivian.
»Mit Pfeil und Bogen? Was war er sonst?«
»Er war so weiß wie ich.«

Jogona betrachtete Vivians Beine und dann seine eigenen. »Na schön«, räumte er ein, »aber er war ein armer weißer Mann. So ein Mann wie Bwana Simba. Der hat auch kein Gewehr. Was hat denn dieser arme Weiße mit seinem Pfeil und Bogen geschossen?«

»Er hat Menschen geschossen. Er hat sie ins Herz geschossen.«

An Jogonas Atem spürte Vivian, wie erregt er war. »Wie viele Menschen hat Amos getötet?« fragte er schließlich nach langem Schweigen.

»Er hat sie nicht getötet. Er hat so geschossen, daß die Menschen nichts merkten.«

»Und das hat ihm Freude gemacht?« fragte Jogona geringschätzig.

»Ja«, versicherte Vivian, »Amor hat die Menschen ins Herz getroffen, und sie wurden Freunde. Ihre Herzen wollten es so.«

»Verstehst du das, kleine Memsahib?« Die Anrede klang fremd in dieser sanften Nacht des Abschieds.

»Erinnerst du dich denn nicht an deine Beine, Jogona? Sie wollten auch zu mir.«

»Und die Pfeile? Waren sie vergiftet?«

»Ja. Sie waren vergiftet. Sie waren mit dem Gift für Freunde eingerieben. Aber das tötet nicht.«

»Oh«, schrie Jogona auf. Er ließ sich zu Boden fallen und blieb regungslos wie ein im Laufen getroffener Wasserbock liegen, schien noch nicht einmal mehr zu atmen, und unter dem weiten Beschneidungsumhang schaute nur noch der Kopf hervor.

»Jogona«, schrie Vivian. Sie dachte an das unheilbringende Echo der Nacht. »Was ist mit dir? Steh auf.«

»Ich kann nicht«, jammerte Jogona, »Amos hat mich geschossen. Er hat mich mit Pfeil und Bogen geschossen.«

Vivian kniete neben ihm und hielt die Lampe dicht an sein Gesicht. Sie sah seine Augenlider flattern und dachte daran, wie Psyche mit der Öllampe Amors Flügel angesengt hatte. Erschrocken drehte Vivian die Lampe aus und warf sich ins hohe Gras.

»Jogona«, keuchte sie benommen vom Geruch der feuchten Erde, »mich hat er auch geschossen.« Kaum hatte sie gesprochen, begriff Vivian, daß Jogona eine neue Art der Scherze hatte. Er machte nun Scherze wie ein Mann. Sie streckte ihre Hand aus, zog an Jogonas Umhang und berührte seine nackte Schulter. Ihre Finger zitterten ein wenig, aber sie wußte, daß es so sein mußte. ›Er ist groß‹, überlegte Vivian, ›und er macht nun Scherze wie ein Mann.‹ Sie wollte lachen, aber als sie den Mund aufmachte, spürte sie die feuchte Erde und schluckte gierig. Jogona lag noch immer da, ohne sich zu bewegen. Seine Haut roch süß.

»Fang mich«, rief Vivian, sprang hoch und rannte aus dem Wald. Sie lief im Kreis wie ein verfolgter Hase, blieb stehen und lockte leise: »Fang mich.«

Sie sah, wie Jogona zögerte. »Kannst du denn nicht mehr laufen, du Mann?« fragte Vivian. Sie betonte das letzte Wort mit jener Mischung aus Spott und Hochachtung, für die Jogona schon immer empfänglich gewesen war, und zufrieden sah sie ihn in die Falle gehen. Mit ausgebreiteten Armen lief er auf Vivian zu. Sie wartete, bis er sie fast erreicht hatte, und rannte dann fort.

Jogona holte Vivian am Rande des Maisfelds ein. Dort war es so dunkel, daß sie ihn nicht sehen konnte, aber sein Atem verriet ihr, daß sie nun stehen bleiben mußte. Sie tat das mit einer solchen Plötzlichkeit, daß Jogona fast hingefallen wäre, aber er schwankte nur ganz kurz und zerrte Vivian in den Wald zurück.

»Du kannst ja doch noch laufen«, lachte sie, »du kannst ja laufen, du Mann.« Während Vivian auf die Erde glitt, klagte sie: »Amor hat mich geschossen«, und sie brachte das Zittern in die Stimme, das die Wasserböcke hatten, ehe sie von den Hunden in den Fluß gestoßen wurden.

»Mich auch«, wimmerte Jogona, »Amos schießt die ganze Nacht.«

Viel später, als der Mond dabei war, zum letzten Mal die Farbe zu wechseln, fragte er: »Du wirst immer mein Freund sein?« Seine Augen waren sanft wie die der Kühe. Sie hatten diesen Ausdruck nicht mehr seit den Kindertagen gehabt. Es war, als würden alle Regenzeiten verschwinden und zusammen zu dieser einen Regenzeit werden, deren erste Nacht so war wie keine andere.

»Wirst du immer mein Freund sein?« wiederholte Jogona.

»Und du?« fragte Vivian zurück. Sie kitzelte Jogonas Bauch mit dem Ziegenhaar und dachte an den Medizinmann.

»Das ist doch dasselbe«, wiederholte er träge, »weißt du das denn nicht?« Benommen stand er auf, streckte sich und suchte seinen weißen Umhang.

Während Vivian sich anzog, wandte er das Gesicht zur Seite, aber sie wußte trotzdem, daß die Sanftheit aus seinen Augen verschwunden war.

»Wir müssen gehen«, flüsterte Jogona, »vielleicht hat Amos doch ein Gewehr.«

»Vielleicht«, erwiderte Vivian und folgte ihm ins Schweigen des neuen Tages.

Der Regen hatte wieder eingesetzt und ließ die Haut dampfen. Die Kehle brannte. Erst als Vivian vor dem Haus stand, wurde ihr bewußt, daß sie nicht neben, sondern hinter Jogona gelaufen war. Wie die schwarzen Frauen, die hinter ihren Männern hergingen.

An der Tür wollte sie vom Fluß sprechen, der sich nun bald füllen würde. Das Gespräch gehörte zum Beginn der Regenzeit wie die blauen Flachsblüten, aber Jogona hatte den Zauber wohl vergessen. Er war nirgends zu sehen. Er war auf dieselbe Art verschwunden, wie er in der Nacht gekommen war. Nur seine Fußspuren zeichneten sich im Schlamm ab. Das erste Grau des Tages machte sie sichtbar.

Vivian lag im Bett und lauschte dem Regen. Er hatte nicht mehr die Melodie der Nacht, sondern jenen drohenden Klang, von dem ihr Vater oft gesprochen und den sie noch nie wahrgenommen hatte. Auch der Wind war davongeschlichen. Langsam wich der salzige Geschmack der Tränen einem bisher nicht gekannten Gefühl der Sehnsucht.

Es war die Stunde, in der Vivian mit ihrem Vater zum Melken ging. Sie dachte an die Melodie, die er seit neuestem pfiff, und machte sich bereit, ihm entgegenzugehen.

XVI.

Seitdem Vivian die karg ausgestattete Hütte von Bwana Simba das erste Mal betreten hatte, war nichts verändert worden. Noch immer wuchs das hohe Gras bis zum

Eingang, und auch das Loch im Dach war noch da. Darunter stand eine rostige Schüssel, um das Wasser aufzufangen, wenn der große Regen einsetzte.

Nur durch das grob gezimmerte Bücherregal unterschied sich diese Hütte des weißen Mannes von denen der Schwarzen. Die Bücher waren zusammen mit Bwana Simba alt geworden. Ameisen hatten die Ledereinbände zerfressen, und nun waren alle Bücher von gleicher Farbe. Sie sahen aus wie das Gras vor dem Einsetzen des großen Regens.

Vivian saß mit gekreuzten Beinen auf dem Boden und streichelte zärtlich den Kopf des kleinen Affen.

»Ich bin gekommen, um dir Aufwiedersehen zu sagen. Kwaheri«, fügte sie hinzu, denn nur das Suaheliwort für Abschied konnte von ihrer Trauer erzählen.

»Ich weiß«, antwortete Bwana Simba.

»Toto gehört nun dir, Affen dürfen nicht nach Deutschland.« Vivian empfand, daß der Scherz ihr nicht richtig gelungen war, aber es tat ihr gut, das Wort auszusprechen, das in ihrem Hals drückte.

»Du hast mir Toto nur geliehen. Vergiß das nicht.«

»Ja«, bestätigte Vivian, »ich hab' ihn dir nur geliehen.« Es gelang ihr nicht, jene Süße in die Worte zu treiben, die Trost gebracht hätte.

Schweigend betrachtete sie die rauhen Wände der Hütte. Auf dem vergilbten Porträt der jungen Königin Victoria, das Bwana Simba einst auf seiner ersten Reise nach Afrika mitgebracht hatte, klebte noch immer ein Rest von einer Fliege. Vivian war dabeigewesen, als der Boy Chai sie erschlagen hatte. An der Farbe des Flecks erkannte sie, daß das sehr lange her war.

Jetzt kroch wieder eine Fliege die Wand entlang. Mechanisch zählte Vivian die Beine am schwarzen, glänzenden Leib. »Gibt es solche Fliegen auch in Deutschland?« fragte sie. Sie kannte die Antwort, aber sie wollte noch einmal das Wort aussprechen, das sie ängstigte. Angst war eine böse Sache, wenn man sie nicht aus dem Körper ließ.

»Nein, in Deutschland ist alles sauber«, erwiderte Bwana Simba.

»Was kriecht dort an den Wänden?«

»Nichts.«

»Es muß einsam sein, wenn die Wände leer sind.«

»Es ist einsam«, bestätigte der alte Mann, »aber sie finden das schön.« Es klang, als spreche er von einem fremden Stamm jenseits der Berge.

»Und die Hyänen«, bohrte Vivian, bemüht, das Gespräch in Gang zu halten, »hört man die auch nicht?«

Sie verstand das Schweigen und beneidete Bwana Simba. Er durfte die Hyänen bis zu dem Tag hören, an dem er sich zum Sterben niederlegte.

»Was hört man denn dort, wenn man auf Regen wartet?«

Diesmal antwortete Bwana Simba sofort. »Nichts«, sagte er, »man wartet drüben nicht auf Regen. Sie haben es verlernt, die Erde trinken zu sehen.« Er dachte an die drei Tage seines Lebens, die er in Europa verloren hatte, und sein Herz litt für Vivian, die Afrika nie aus ihrem Herzen bekommen würde.

Bwana Simba war anders als Jogona. Er verstand die Dinge, die Jogona nie begreifen würde. Bwana Simba hatte Vivian die Sprache des Nandistammes gelehrt und ihre Augen für ein Land voller Trauer geöffnet. Sie erinnerte sich noch genau an das Gespräch. »Afrika ist schön«, hatte sie damals gesagt.

»Afrika«, hatte Bwana Simba verbessert, »ist traurig.«

»Und die Farben? Sind die auch traurig?«

»Nur wer mit den Augen der Weißen sieht«, hatte Bwana Simba gesagt, »findet die Farben hier fröhlich. Schön ist hier nur die Traurigkeit.«

Vivian empfand nun längst wie Bwana Simba. Er hatte ihr Leben verändert und würde immer ihr Freund bleiben. Als Vivian ihn kennengelernt hatte, war er bereits ein Mann gewesen, nicht wie Jogona erst einer geworden. Das war ein großer Unterschied.

Der alte Mann schien ihre Gedanken zu erraten, denn er sagte leise: »Aber der Regen wird auf dich warten.«

»In Deutschland?« fragte Vivian höhnisch, und sie hatte den Ausdruck im Gesicht, den Jogona immer gehabt hatte, wenn er sich betrogen fühlte.

»Der Regen von Ol'Joro Orok wird auf dich warten.«

»Bwana Simba, weißt du es denn nicht? Wir fahren morgen.«

»Ich weiß es.«

»Und du sprichst vom Regen, der auf mich wartet?«

»Alles wird auf dich warten, meine kleine Kikuyudame, alles.«

»Ich bin keine Kikuyudame«, sagte Vivian verzweifelt, »du hast es immer gesagt, aber es war nur ein Spiel. Nicht wahr, es war nur ein Spiel?«

»Nein, es war kein Spiel«, sagte Bwana Simba. Er sah Vivian auf eine Art in die Augen, daß sie wußte, er betrüge sie nicht. »Es war dein Leben. Du wirst nicht vergessen. Du bist wie dein Vater. Du kannst nichts vergessen.«

»Aber er«, sagte Vivian, und sie machte gar nicht mehr

den Versuch, den bitteren Geschmack herunterzuwürgen, »er wird Ol'Joro Orok vergessen. Er will vergessen.«

»Es wird ihm nicht gelingen«, lächelte Bwana Simba, »aber er weiß es noch nicht. Er ist...« Seine Stimme verirrte sich.

»Ein Kind«, sagte Vivian, »du darfst es ruhig sagen. Ich weiß es schon lange.«

»Du bist wirklich eine Kikuyudame. Gib gut acht auf deinen Vater. Kinder brauchen Schutz. Er hat niemanden mehr. Sein Vater ist tot.«

»Ich weiß«, schluckte Vivian, »er hat es mir oft erzählt. Ich weiß nicht, was ich sagen soll, wenn er davon spricht.«

»Nichts. Es ist immer gut, nichts zu sagen.«

»Das hat Jogona auch gesagt«, erinnerte sich Vivian, »vor vielen Regenzeiten hat er das schon gesagt.«

»Wir reden so viel wie Kikuyus«, rief Bwana Simba und ließ seine Stimme mit einemmal hell werden. »Komm, wir reiten los.« Er stand mühsam auf, ging vor die Hütte, rief nach seinem Pferd und wischte sich die Augen mit der langen braunen Mähne.

»Auf Wiedersehen, Toto«, flüsterte Vivian und streichelte den Affen, »du bist kein Toto mehr, sondern ein Bwana.«

»Er wird auf dich warten«, versprach Bwana Simba.

Auf diesem letzten Ritt zwischen Nacht und Tag empfand Vivian die Schönheit wie nie zuvor. Als sie mit Bwana Simba losritt, war die Sonne noch nicht aufgegangen. Noch wirkten die Bäume wie schmale Schatten. Schwarz zeichneten sich die Dornenkronen gegen den grauen Himmel ab. Der Mond machte sich zum schnellen Abschied bereit und ließ sein letztes Licht zu den schneebedeckten Bergen flüchten. Bald würden die Tautropfen auf dem Gras verdampfen. Es war die Stunde, in der man keinen Laut hörte.

»Bwana Simba, du bist ein weißer Nandi.«

»Das bin ich«, rief der alte Mann, und sein Gesicht wurde jung, als er losgaloppierte.

Ein kleines Steppenfeuer tauchte die beiden Pferde erst in rotes Licht, dann in schwarze Schatten. Als die Dornakazien erreicht waren, holten die Geier gerade ihre Köpfe aus den Federn. Vivian fühlte sich erleichtert. Der Abschied lag hinter ihr. Nun trank sie noch einmal die Bilder, und in der Erinnerung hörte sie die vertrauten Geräusche vergangener Regenzeiten. Kamau sang das Lied vom Schakal, der einen Schuh gefressen hat. Jogona lachte, weil der fremde Gott Amor mit Pfeil und Bogen schoß. Sein Bruder wurde geboren, und der erste Schrei wehte zu den Kindern, die versteckt im Gras lauschten. Jogona war schon lange verschwunden. Am Tag nach der Beschneidung hatte er die Farm verlassen, aber es schmerzte Vivian nicht mehr, an ihn zu denken. Dieser letzte Tag war größer als alle Schmerzen.

Der Himmel verfärbte sich und machte die leichten Federn der grauen Wolken rot. Die Wasserböcke zogen zum Fluß, und schon ließ die Sonne das schwarz-weiße Muster der grasenden Zebras sichtbar werden. Noch war der Tag lang, aber schon hatte er weniger Stunden vor sich als ein neugeborener Knabe Regenzeiten bis zur Beschneidung.

»Nein«, rief Vivian und erschrak, als sie ihre Stimme hörte.

Die Pferde hielten, wie sie es gelernt hatten, an den Hütten der Nandi an. Rot glänzte die mit frischem Lehm eingeriebene Haut der Männer, und die aufgehende Sonne spiegelte sich in den schweren Metallreifen, die sie um die Arme und Fußgelenke trugen. Die Kinder lächelten und warteten, daß Vivian ihre Begrüßung erwiderte. Es roch nach Fleisch, Schweiß und Rauch. Eine Gazellenhaut wurde zum Trocknen vorbereitet. Das letzte Feuer erlosch.

Vivian trank dieses Bild, bis ihre Augen voll waren, und schwindlig lehnte sie sich an ihr Pferd, um Kraft aus der Wärme seiner Flanken zu schöpfen. Die Trommeln hatten berichtet, daß die kleine Memsahib sich zu einer großen Safari aufmachte. Schweigend reichte ihr ein alter Mann eine Schale, und Vivian trank das Blut mit nie gekannter Gier. Es sollte Kraft geben für eine lange Reise.
 Eine Frau wollte etwas sagen, aber mit einer Handbewegung gebot ihr der Mann zu schweigen. Dies war keine Zeit für Worte. Die Sprache der Nandi wußte nur von Kampf, Jagd und Männern zu erzählen. Sie hatte nie von Frauen berichtet, die fortgingen, und es gab kein Wort für Abschied. Stumm ließen die Nandi Vivian ziehen.

Bwana Simba half ihr aufs Pferd.
 »Es war gut so«, flüsterte sie. Sie sprach erst wieder, als die Pferde unter dem Dornenbaum standen. »Du bist schon sehr alt, nicht wahr?«
 »Alt genug, um die Tage nicht mehr zu zählen.«
 »Dann sehe ich dich heute zum letzten Mal«, sagte Vivian.
 »Wie kommst du darauf?« lachte Bwana Simba. »Ich kann doch gar nicht sterben, bis du wiederkommst.«
 Vivian lehnte sich zu ihm herüber und berührte die Narbe über seinem rechten Auge mit dem Ziegenhaar des Medizinmanns. Überwältigt spürte sie, daß der Zauber noch einmal wirkte. Bwana Simba hatte die Worte gesprochen, die er zu sagen hatte. »Warum kannst du nicht

sterben, bis ich wiederkomme«, fragte Vivian und lauerte auf die Antwort, die sie kannte.

»Wer soll mich vor die Hütte tragen, kleine Memsahib, wenn du nicht hier bist?«

Im Wald schnatterten die Paviane. Die Geier hatten Beute gefunden.

»Du wirst auf mich warten, Bwana Simba?«

»Ich muß.«

»Und was wirst du bis dahin machen?«

»Nichts«, sagte Bwana Simba, »nichts. Hast du denn vergessen, daß man in Afrika Zeit hat? Noch bist du hier, und schon hast du es vergessen.« Seine Stimme war weich und dunkel, und der Spott war so süß wie die Schale der Pfefferbeeren.

»Ich habe es nicht vergessen«, erklärte Vivian, »aber wird dir das Nichts nicht leid werden?«

Bwana Simba lächelte, als er seinen Lieblingsausdruck hörte. »Es wird mir nicht leid werden«, wiederholte er. »Und jetzt«, fuhr er fort, als sei nichts geschehen, »müssen wir gehen. Man soll nicht bei Tage Abschied nehmen. Du reitest zu deinem Vater, und ich reite zu Toto. Es wird nicht weh tun. Vergiß das nicht.«

Aufrecht saß Bwana Simba auf seinem Pferd. Sein Blick war schon sehr weit fort. Vivian spürte, daß sie die Tränen nicht mehr lange zurückhalten konnte.

»Kwaheri«, schluckte sie, »Kwaheri, Bwana Simba.«

»Kwaheri, meine kleine Memsahib. Komm gut heim von deiner Safari«, rief er und ritt fort, ohne sich umzudrehen.

Es war ein alter Zauber, sich beim Abschied nicht in die Augen zu blicken. Wer einen Freund wiedersehen wollte, mußte in der Stunde der Trennung Stärke beweisen.

Betty Sue Cummings

Vergeßt die Namen nicht

Mitte des vorigen Jahrhunderts in Florida: verzweifelt wehren sich Indianer gegen die Vertreibung durch weiße Siedler und Soldaten aus ihren angestammten Gebieten. See-ho-kee, eine junge Frau vom Stamm der Miccosukees, kämpft mit ihrem Volk gegen die Abschiebung; sie verliert in den Kämpfen ihren Ehemann, mit dem sie keine Liebe verband.
Die Tradition gebietet die Einhaltung der vierjährigen Trauerzeit. Der Wille, die Sitten und Traditionen ihres Volkes zu bewahren, gibt See-ho-kee die Kraft, diese harte Zeit des Kampfes und Wartens zu überstehen. Die Indianer finden schließlich in den Everglades eine neue Lebensmöglichkeit, und See-ho-kee kann endlich ihre Jugendliebe heiraten.

Union Verlag Stuttgart

Thema Afrika – auch bei dtv pocket

dtv pocket 7844

Othmar Franz Lang
Geh nicht nach Gorom-Gorom

dtv pocket 7872

Othmar Franz Lang
Perlhuhn und Geier

dtv pocket 7877

Jo Pestum
Die Zeit der Gazelle

dtv pocket 7833

Stefanie Zweig
Ein Mundvoll Erde

dtv pocket 7869

Walter Wippersberg
Name des Landes: Azania
Ein Südafrika-Buch

dtv pocket 7836

Ich verstehe die Trommel nicht mehr
Erzählungen aus Afrika
herausgegeben von Renate Welsh